ELIZABETH MACLEOD
FRIEDA WISHINSKY

CANADA EN VEDETTE

Catalogage avant publication de Bibliothèque et Archives Canada

MacLeod, Elizabeth,
[Colossal Canada. Français]
Canada en vedette : 100 faits surprenants / Frieda Wishinsky
et Elizabeth MacLeod ; texte français de Louise Binette.

Traduction de : Colossal Canada.

ISBN 978-1-4431-2821-6 (couverture souple)

1. Canada--Miscellanées--Ouvrages pour la jeunesse.
I. Wishinsky, Frieda, auteur II. Titre. III. Titre : Colossal Canada. Français

FC58.M3214 2015   j971.002   C2014-908026-3

Édition publiée par les Éditions Scholastic, 604, rue King Ouest,
Toronto (Ontario) M5V 1E1 CANADA.

5 4 3 2 1   Imprimé en Chine 38   15 16 17 18 19

ELIZABETH MACLEOD
FRIEDA WISHINSKY

CANADA EN VEDETTE

100 FAITS SURPRENANTS

Texte français de
Louise Binette

Éditions
SCHOLASTIC

TABLE DES MATIÈRES

INTRODUCTION

Tout le monde sait que le Canada *est* unique. Deuxième pays le plus vaste du monde, il s'étend de l'Atlantique au Pacifique, et au nord jusqu'à l'Arctique. Il offre des paysages magnifiques et variés composés d'imposantes montagnes, de puissants fleuves, de quatre des cinq Grands Lacs et de vastes prairies qui s'étirent sous un ciel immense. Et que dire de son climat extrême, de ses créatures étranges, de ses fabuleux festivals et de ses ingénieuses inventions!

Mais par-dessus tout, ce sont ses habitants qui font du Canada un pays unique. Ce sont les compétences d'une foule de Canadiens ainsi que leurs idées, leur énergie, leur créativité, leur cuisine, leur détermination, leur humour et leurs histoires qui ont enrichi ce pays. Les Canadiens ont apporté une contribution durable au monde et ont permis au Canada de devenir un pays enraciné dans un passé riche et captivant, promis à un brillant avenir.

Et ça, c'est franchement *extraordinaire*!

Qu'est-ce qui rend un pays unique? C'est son histoire riche, fascinante et étonnante. Ses mets, ses produits, ses paysages, son climat et les sports qu'on y pratique. Mais avant tout, ce sont ses habitants. Le Canada est l'un des pays les plus diversifiés au monde sur le plan de sa population, de ses paysages et de son climat. Découvre les différents éléments qui composent l'identité des Canadiens et ce qui rend ce vaste pays si exceptionnel.

CHAPITRE I

TYPIQUEMENT CANADIEN

Vraiment, c'est canadien?

L'INUKSHUK
Suivez le guide!

TU ES SEUL ET PERDU DANS LA TOUNDRA ARCTIQUE DÉNUDÉE. SOUDAIN, TU APERÇOIS UNE HAUTE STRUCTURE DE PIERRES. À TON GRAND SOULAGEMENT, TU DÉCOUVRES ALORS UN ABRI BIEN CHAUD OU DES VICTUAILLES CACHÉES.

Qui a construit le premier inukshuk?

Depuis des siècles, les Inuits et d'autres habitants des régions arctiques de l'Amérique du Nord construisent et utilisent ces statues de pierres. Le mot *inukshuk* est formé de deux mots inuits : *inuk* = homme et *suk* = remplaçant. Non seulement les inukshuks indiquent aux voyageurs où aller, mais ils leur signalent aussi les bons endroits où pêcher et chasser, de même que les caches de nourriture. Dans un environnement où les repères naturels se font rares, ils ont aidé d'innombrables voyageurs au fil des millénaires.

À la pointe Enukso, sur l'île de Baffin, on trouve plus d'une centaine d'inukshuks. En 1969, le site a été désigné lieu historique national du Canada.

De nos jours

L'inukshuk demeure un symbole cher aux Canadiens. D'ailleurs, le logo des Jeux olympiques de Vancouver de 2010 en est inspiré. L'inukshuk a été choisi pour son allure simple et accueillante, tout à fait conforme à l'esprit des jeux et de Vancouver.

VRAIMENT?

En juillet 2005, l'armée canadienne a érigé un inukshuk sur l'île de Hans, dans l'Arctique. Par ce geste, le Canada revendiquait la propriété de l'îlot, après un long conflit l'opposant au Danemark.

DES TUQUES AUX MUKLUKS
Bien au chaud de la tête aux pieds

LES PREMIERS ARRIVANTS SAVAIENT QUE POUR AFFRONTER L'HIVER CANADIEN, IL FALLAIT D'ABORD AVOIR LA TÊTE ET LES PIEDS BIEN AU CHAUD.

Attache ta tuque!

Comment garder sa tête et ses oreilles au chaud par une froide journée d'hiver? En portant une tuque! L'origine du mot *tuque* et la création de ce couvre-chef sans bord remontent aux années 1800, à l'époque des trappeurs canadiens-français. Toutefois, on utilisait ce terme bien avant. Certains croient qu'il est apparenté au mot italien *tocca*, qui signifie « toque ». D'autres prétendent qu'il se rapporte à un très vieux mot préromain qui veut dire « colline » ou « courge ». C'est logique : une tuque ressemble à une colline en tricot.

Quelle que soit son origine, c'est maintenant un terme canadien. Où que tu ailles ailleurs dans le monde, il est peu probable que l'on sache de quoi tu parles si tu prononces le mot « tuque ».

VRAIMENT?
Il existe une ville au Québec qui porte le nom de La Tuque. Elle tire son nom d'une montagne qui ressemble à… une tuque, bien sûr!

Les pieds au chaud

Les mukluks foulent le sol canadien depuis longtemps. Les Yupiks et d'autres populations autochtones utilisaient les peaux de phoque, d'orignal ou de caribou pour fabriquer ces bottes souples montant à mi-mollet et pouvant résister aux températures glaciales du Nord. Les premières mukluks étaient doublées de fourrure d'ours, d'écureuil ou de castor. On les portait pour pêcher, chasser, marcher en raquettes ou voyager en canot. Il fallait des heures de travail minutieux pour en fabriquer une paire.

LA COUVERTURE DE LA BAIE D'HUDSON
Son point fort : la chaleur

LA COUVERTURE À RAYURES DE LA BAIE D'HUDSON EST UN EMBLÈME TYPIQUEMENT CANADIEN DONT L'ORIGINE REMONTE AU 18ᴱ SIÈCLE, MAIS ELLE EST TOUJOURS POPULAIRE AUJOURD'HUI.

Une couverture pas banale

En 1780, le commerçant de fourrures Germain Maugenest proposa à la Compagnie de la Baie d'Hudson de fabriquer des couvertures pour le commerce. Suivant le conseil de Maugenest, la Compagnie commença bientôt à les offrir aux populations autochtones en échange de peaux de castor et de bison, de mocassins et d'autres marchandises. Ces couvertures devenues aujourd'hui iconiques étaient caractérisées par des bandes vertes, rouges, jaunes et indigo qui se découpaient sur un fond blanc. Les autochtones adoraient dormir sous ces couvertures de laine douillettes ou encore s'en vêtir, et aimaient la chaleur qu'elles procuraient, même mouillées.

Beaux manteaux!

Bons points!

La couverture rayée est aussi appelée « couverture à points » ce qui fait référence à un système utilisé par les compagnies françaises de traite des fourrures au milieu des années 1700. Les points étaient de fines lignes noires tissées sur le bord de chaque couverture. Leur nombre indiquait la grandeur et le poids de la couverture. Plus celle-ci était grande et lourde, plus elle valait cher.

VRAIMENT?
Le plus souvent, les couvertures rayées servaie à confectionner des capotes ces célèbres anoraks de la Baie d'Hudson que l'on voit ci-dessus.

Toujours populaires

Un grand nombre de couvertures ont traversé les siècles et sont maintenant des objets de collection très recherchés. Elles se vendent des milliers de dollars lors de ventes aux enchères. La Compagnie de la Baie d'Hudson continue à fabriquer des couvertures et des manteaux pour les gens partout au Canada et ailleurs. Les célèbres bandes de couleur sont également reproduites sur de la literie, des chemises, des ceintures, des sacs publicitaires et des parapluies.

LA POUTINE
Un délicieux mélange!

LA POUTINE, UN METS ORIGINAIRE DU QUÉBEC, CONSISTE EN UN PLAT DE FRITES COUVERT DE FROMAGE EN GRAINS ET NAPPÉ DE SAUCE BRUNE. MIAM!

Qui l'a inventée?

« Je voulais des frites, mais en voyant le fromage en grains sur le comptoir, j'ai dit à Fernand de mélanger les deux. » C'est ce que le client Eddie Lanaisse se souvient avoir demandé au restaurateur québécois Fernand Lachance en 1957. Et quelle a été la réponse de M. Lachance? « Ça fera toute une mixture! » Malgré ses réserves, il a préparé la « mixture », et celle-ci est devenue populaire. En 1964, M. Lachance a ajouté au mets de la sauce brune chaude pour faire fondre le fromage. C'est l'une des histoires qui expliquerait l'origine de la poutine.

Le restaurateur Jean-Paul Roy affirme également avoir inventé la poutine en 1964, puisque c'est *lui* qui aurait ajouté la sauce aux frites et au fromage. Quoi qu'il en soit, la poutine continue de gagner en popularité. On la trouve maintenant au menu de nombreux restaurants (des restaurants-minute aux établissements plus chics), et même dans les camions de cuisine de rue qui sont très tendance au Canada et ailleurs.

> Savoureux, bien sûr. Mais santé? Pas si sûr. Une portion de poutine peut compter jusqu'à 1 000 calories!

VRAIMENT?

Les grains de caillé, petits morceaux de fromage obtenus par la coagulation d'une épaisse couche de lait, doivent être frais pour être bons. Sinon, ils ne produiront pas le fameux « couic-couic » caractéristique d'un bon fromage en grains lorsqu'on mord dedans.

À toutes les sauces

De nos jours, la poutine se compose souvent d'ingrédients inhabituels comme des boulettes de viande, du poulet frit, du homard et même du foie gras (le foie d'une oie ou d'un canard gavé). Une version asiatique pourrait inclure de la citronnelle, des piments rouges et de la crème de coco. Peu importe la combinaison, malgré son apparence brouillonne et les ingrédients gras qui la composent, les amateurs de poutine en redemandent.

LE CHINOOK
Quel bon vent vous amène?

Pourquoi ces variations spectaculaires?

Un chinook est un vent chaud, généralement sec, qui peut causer une importante variation des températures hivernales. Le vent chaud chargé d'humidité vient de la côte du Pacifique. Il s'assèche et se refroidit en remontant la paroi ouest des montagnes Rocheuses. Puis il se réchauffe aussitôt en descendant du côté est. La vitesse et la direction du vent changent alors subitement. Le vent fort, sec et chaud qui souffle en rafales fait rapidement grimper les températures. Ce vent transporte le son sur de longues distances et donne lieu à de superbes couchers de soleil.

Tout n'est pas rose

Même si la chaleur est agréable après une journée de froid mordant, le chinook apporte son lot d'inconvénients. La sécheresse soudaine augmente le risque d'incendie. Certains arbres fragiles, comme le bouleau blanc, subissent des dommages. Les feuilles s'ouvrent en raison de la chaleur, mais elles tomberont au gel suivant. La disparition de la couche de neige prive les plantes d'humidité. De plus, les animaux perdent leurs repères et certaines personnes ont des maux de tête et se sentent déprimées.

VRAIMENT?

Le 11 janvier 1983, un chinook soufflé sur Calgary, en Albert, faisant grimper la températur de 30 °C en quatre heures. E février 1992, à Claresholme, en Alberta, un chinook a fai monter le mercure à 24 °C, l'u des plus hautes températures enregistrées au Canada en février.

« Ceux qui n'ont pas connu les chinooks chauds et revigorants de ce pays ne peuvent pas comprendre à quel point ils sont une véritable bénédiction. L'étreinte glacée de l'hiver se desserre un peu. »
— *Le Calgary Herald,* au tournant du 20e siècle

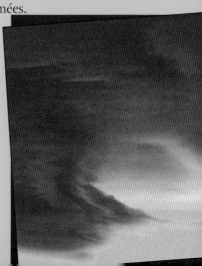

LE KAYAK
Pour filer sur l'eau

RIEN DE TEL QUE DE DESCENDRE UNE RIVIÈRE EN KAYAK, OU DE PAGAYER SUR UN LAC OU SUR L'OCÉAN. ON PEUT GLISSER SANS BRUIT, SURFER SUR LES VAGUES, PÊCHER, EXPLORER UNE ANSE SECRÈTE OU SIMPLEMENT PROFITER D'UNE BELLE JOURNÉE.

Qui l'a construit en premier?

Ancêtre du kayak, *l'oumiak* était une grande embarcation ouverte constituée de peaux et reposant sur une structure en bois. Il a probablement été conçu et construit sur les côtes froides de la Sibérie, il y a des milliers d'années. Lorsque les populations de Sibérie ont migré vers les Amériques, il y a de cela 10 000 à 15 000 ans, elles ont emporté leurs oumiaks avec elles.

L'apparition du kayak

Les Inuits de l'Arctique utilisaient l'oumiak, comme celui qui figure ci-dessus, pour transporter des gens, du matériel et des chiens sur de grandes distances. Il y a environ 4 000 ans, les Inuits ont conçu le kayak afin de pouvoir s'aventurer plus loin dans l'océan pour chasser. Grâce à son pont fermé et à sa forme longiligne, le kayak était mieux adapté à la navigation en haute mer. Les premiers kayaks étaient faits de peaux de phoque ou d'autres animaux, qu'on tendait sur une armature en bois ou en os de baleine. On badigeonnait les peaux d'huile de phoque pour les rendre imperméables. De nos jours, la plupart des kayaks sont faits de polyéthylène moulé.

> Le mot « kayak » signifie « bateau de l'homme » ou « bateau du chasseur ». Les femmes voyageaient plus souvent à bord des oumiaks.

LA CROSSE
Le sport d'été national

TROUVE UN GRAND TERRAIN. FORME DEUX ÉQUIPES DE DIX JOUEURS. REMETS-LEUR DE LONGS BÂTONS MUNIS D'UN FILET AINSI QU'UNE BALLE EN CAOUTCHOUC. AU JEU!

Qui a inventé la crosse?

L'un des plus vieux sports d'équipe en Amérique du Nord, la crosse a d'abord été pratiquée par les Premières Nations, probablement au 17e siècle, dans le but de régler les conflits entre tribus et de préparer les guerriers aux combats. On y jouait aussi à des fins religieuses, pour le plaisir ou lors des festivals. La crosse était populaire partout au Canada, mais surtout dans la région des Grands Lacs.

Lors des joutes, les sorciers étaien[t] les entraîneurs, et l[es] femmes servaient d[es] rafraîchissements

Comment le jeu se déroulait-il?

Les parties duraient parfois plusieurs jours, et de 100 à 1 000 hommes de villages rivaux pouvaient y participer. Elles commençaient souvent à l'aube et se terminaient au coucher du soleil. On y présentait des danses et des cérémonies spéciales. Les paris étaient ouverts, et les joueurs maquillaient leur corps et décoraient leurs bâtons.

Les balles étaient faites de bois ou de peau de cerf bourrée de poils. Les premiers bâtons ressemblaient à des cuillers géantes, sans filet. La partie commençait dès que la balle était lancée dans les airs et que les joueurs se précipitaient pour l'attraper.

Les Occidentaux entrent dans le jeu

Même si les missionnaires jésuites désapprouvaient les paris et la violence, on croit que c'est un prêtre jésuite, Jean de Brébeuf, qui a été le premier à traiter de la crosse dans ses écrits. Bientôt, les colons français ont commencé à s'y adonner aussi. En 1856, un dentiste, nommé William George Beers, a fondé le *Montreal Lacrosse club*. En 1860, la crosse est devenue le sport national.

De nos jours, il existe quatre disciplines de crosse au pays : la crosse extérieure féminine et masculine, la crosse en enclos (jouée à l'intérieur, avec six joueurs par équipe) et l'intercrosse (conçue pour les programmes scolaires et de loisirs).

LA POLICE MONTÉE
Pour la sécurité des Canadiens

QU'ONT EN COMMUN L'IMPECCABLE UNIFORME ÉCARLATE, LE CHAPEAU STETSON, LES MAJESTUEUX CHEVAUX ET LES CHIENS INTELLIGENTS? ILS FONT TOUS PARTIE DE LA GENDARMERIE ROYALE DU CANADA.

Un nouveau corps policier

En mai 1873, le Parlement a créé un corps policier pour les Territoires du Nord-Ouest (qui incluaient alors l'Alberta et la Saskatchewan), la police à cheval du Nord-Ouest (PCN-O). Cette année-là, 150 recrues sont parties dans l'Ouest pour rétablir et maintenir l'ordre entre les marchands de fourrure et de whisky et les populations autochtones, ainsi qu'avec les Américains au sud.

Sam Steele

Membre légendaire de la PCN-O, Sam Steele a mené les nouvelles recrues lors de leur éprouvante Marche vers l'Ouest en 1874. Dans les années 1880, il a joué un rôle clé en maintenant l'ordre durant la construction du chemin du fer Canadien Pacifique, en réprimant la Rébellion de 1885 (un soulèvement métis dirigé par Louis Riel contre le gouvernement du Canada), en rétablissant l'ordre à Kootenay après l'apparition de tensions entre les Blancs et les membres des Premières Nations, et en maintenant la paix durant la ruée vers l'or de 1898 au Yukon.

VRAIMENT?

En 1969, le Canada a offert à la reine Élizabeth un cheval de la GRC. La reine a accepté avec plaisir d'accueillir Burmese, une jument noire, même si elle avait l'habitude de ne monter que des chevaux gris ou blancs. Le 13 juin 1981, alors que la reine montait Burmese, elle a été la cible de coups de feu. Bien qu'alarmée, la reine est parvenue à maîtriser sa monture, et ni l'une ni l'autre n'ont été blessées.

Un nouveau nom

En 1920, la PCN-O fusionne avec la Police fédérale et devient la Gendarmerie royale du Canada (GRC). Le quartier général de la GRC est situé à Regina, en Saskatchewan.

Aujourd'hui, ce corps policier lutte contre le crime organisé, le terrorisme et le trafic de stupéfiants, s'occupe de la protection des personnes de marque, de la sécurité dans les aéroports, et de beaucoup plus encore.

LE PEMMICAN ET LA BANNIQUE
Un en-cas pour la route

À QUOI RESSEMBLAIENT LES PREMIERS METS CANADIENS? CES ALIMENTS HAUTEMENT NUTRITIFS ASSURAIENT LA SUBSISTANCE DES AUTOCHTONES ET, PLUS TARD, DES EXPLORATEURS EUROPÉENS QUI LES AVAIENT ÉGALEMENT ADOPTÉS.

L'origine du pemmican

Quelqu'un a apporté du pemmican?

Connais-tu un mets nutritif, très énergétique, qui se transporte facilement et qui est devenu le mets préféré de plusieurs explorateurs célèbres? Le pemmican! Ce sont les autochtones de l'Amérique du Nord qui ont été les premiers à le préparer. Les explorateurs européens, comme Alexander Mackenzie (à droite), Samuel Hearne et Roald Amundsen, l'ont adopté aussi, puisqu'il était parfait pour les longues expéditions. Le mot « pemmican » signifie « graisse » dans la langue crie.

Le secret du pemmican parfait

Il faut trancher finement la viande (habituellement du bison, mais aussi du wapiti, de l'orignal ou du cerf) et la faire sécher au soleil ou au-dessus d'un feu doux jusqu'à ce qu'elle ait durci. Puis il faut la pilonner en petits morceaux, la mélanger avec de la graisse chaude et, pour plus de saveur, ajouter des fruits séchés comme des amélanches ou des canneberges. Le pemmican se conserve aussi longtemps que désiré.

De la bannique pour tout le monde

La bannique est un pain plat, également appelée pain frit. Les peuples des Premières Nations la préparaient à partir d'ingrédients trouvés dans les bois, comme des graines, des noix, de la farine extraite de racines et du sirop fabriqué avec la sève des arbres, et ils la servaient avec du poisson fraîchement pêché.

« On n'insistera jamais assez s l'importance du pemmican lo d'une expédition polaire ». — Robert Peary, explorateu

À leur arrivée au Canada, les Européens ont préparé la bannique avec la farine de blé qu'ils avaient apportée. Quant aux Écossais, ils avaient leur propre version depuis des siècles déjà, et utilisaient plutôt de la farine d'avoine, de seigle ou d'orge.

LES RAQUETTES ET LES LUNETTES DE SOLEIL

IL N'EST PAS SURPRENANT QUE CEUX QUI ONT VÉCU DANS CE PAYS EN PREMIER AIENT INVENTÉ DES MOYENS ASTUCIEUX DE COMPOSER AVEC LA NEIGE.

L'histoire de la raquette

Chaque communauté autochtone a développé son propre style de raquettes selon son climat, son territoire et ses besoins. Les Inuits fabriquaient des raquettes qui convenaient bien à la marche dans une épaisse couche de neige poudreuse. Les tribus qui habitaient plus au Sud, comme les Cris, ont développé un modèle de raquette plus étroit et plus long pour circuler facilement en forêt.

VRAIMENT?

Le 13 mars 1758, durant la guerre de Sept Ans, les troupes britanniques ont combattu avec des raquettes aux pieds lors d'un affrontement surnommé « La Bataille en Raquettes ». Les Britanniques ont perdu le combat.

Aux 18e et 19e siècles, les voyageurs et coureurs des bois canadiens-français ont adapté la raquette à leurs déplacements et à la chasse dans les régions sauvages. Dans les années 1840, un groupe d'hommes d'affaires a fondé le *Montreal Snow Shoe Club*. Les clubs de raquette étaient très populaires au 19e siècle. Dans les années 1890, le patinage et le hockey ont remplacé la raquette comme sports d'hiver le plus couramment pratiqués.

N'oublions pas les yeux

Afin de se protéger les yeux contre la cécité des neiges, les peuples autochtones de l'Arctique ont inventé les premières lunettes de soleil au monde. Les ancêtres des Inuits ont créé ces lunettes de neige il y a plus de 2 000 ans et les ont apportées au Canada il y a environ 800 ans. Les lunettes étaient fabriquées à l'aide d'os, de cuir ou de bois et comportaient de petites fentes qui permettaient de voir.

Le Canada se classe au deuxième rang des plus grands pays du monde, mais il est imbattable quand il s'agit d'en mettre plein la vue! Il possède aussi le plus long littoral au monde, présente des phénomènes météo parmi les plus extrêmes et abrite certains animaux des plus étranges. Les pages suivantes t'en mettront plein la vue!

CHAPITRE 2

EXTRÊMEMENT CANADIEN

Des records, encore des records!

DES SERPENTS À VOLONTÉ
Ils glissent, ondulent, se faufilent...

SI TU AIMES LES SERPENTS TU DOIS VISITER LES TANIÈRES DE COULEUVRES SITUÉES PRÈS DE NARCISSE, AU MANITOBA. TU Y VERRAS PLUS DE SERPENTS QUE NULLE PART AILLEURS.

Un étrange bruissement

Impressssionnant!

Non seulement tu verras des serpents, mais tu les entendras aussi! Lorsque des dizaines de milliers de couleuvres rayées à flancs rouges, toutes enchevêtrées, glissent les unes sur les autres, le contact des écailles produit un bruissement constant.

Les couleuvres passent l'hiver sous terre dans des crevasses et des cavernes. Au printemps, elles émergent de leurs tanières pour se reproduire. Elles forment alors des boules d'accouplement constituées d'une femelle et d'une centaine de mâles.

Traverser en toute sécurité

Pour faire l'aller-retour jusqu'à leur refuge hivernal, les couleuvres doivent traverser une autoroute. Tu devines ce qui arrive quand une voiture frappe un serpent. Beurk! Les amateurs de couleuvres ont donc construit des clôtures qui guident les couleuvres vers des tunnels sous la chaussée. Maintenant, elles traversent en toute sécurité!

Ssssuper!

Comme la plupart des serpents au Canada, les couleuvres rayées à flancs rouges évitent les humains. Il n'existe que quelques espèces de serpents venimeux au pays, et eux aussi sont plutôt timides. Les morsures de serpents sont rares au Canada, mais tout animal sauvage peut mordre s'il se sent menacé. En fait, les serpents se nourrissent de larves, d'escargots, de sangsues et d'autres animaux nuisibles, alors c'est très bien d'en avoir dans les jardins.

VRAIMENT?

Le Canada compte certaines des plus grandes populations animales :
• le plus grand troupeau de caribous (également appelés « rennes »), dans le nord du Canada;
• le plus grand troupeau de bisons des bois au monde, dans le parc national du Canada Wood Buffalo (à la frontière de l'Alberta et des Territoires du Nord-Ouest);
• sans oublier les marmottes de l'île de Vancouver, le Canada étant le seul pays au monde où l'on trouve ce genre de marmottes.

LES HAUTS ET LES BAS DE LA MÉTÉO
Chaud, froid, neige et soleil!

PEU IMPORTE LE TEMPS QU'IL FAIT, LE CANADA DONNE DANS LES EXTRÊMES.

Le plus chaud et le plus froid

Si tu aimes la chaleur, va faire un tour en Alberta. Le 28 juillet 1903, la température à Gleichen a atteint 46 °C, la plus haute température jamais enregistrée au Canada. Manyberries, dans le sud-est de l'Alberta, est l'endroit le plus ensoleillé du pays.

En 1947, la température à Snag, au Yukon, est descendue à −63 °C, ce qui constitue un record de basse température au Canada et en Amérique du Nord. C'est semblable à la température des rafales glaciales qui soufflent sur Mars!

> **VRAIMENT?**
> Les experts estiment qu'environ un quadrillion de flocons de neige tombent sur le Canada chaque année. C'est 1 000 000 000 000 000 000 000 000!

Le plus humide et le plus sec

La ville de Prince Rupert, en Colombie-Britannique, reçoit environ 2 594 millimètres de pluie par année. C'est plus que toute autre ville canadienne. L'endroit le plus sec au Canada se trouve également en Colombie-Britannique : il tombe seulement 200 millimètres de pluie et de neige à Ashcroft chaque année.

Records de neige et de grêle

St. John's, à Terre-Neuve, a reçu 68,4 centimètres de neige le 5 avril 1999. Suffisamment pour que tu en aies environ jusqu'à la taille! Quant à Calgary, on y a enregistré des tempêtes de neige tous les mois de l'année, même en juillet et en août!

Le 27 août 1973, la plus importante tempête de grêle s'est abattue près de Cedoux, en Saskatchewan. Les grêlons atteignaient 11 centimètres de diamètre, ce qui est un peu plus gros qu'une balle molle. Aïe! En septembre 1991, une tempête de grêle a frappé la région de Calgary et a causé 400 millions de dollars de dommages.

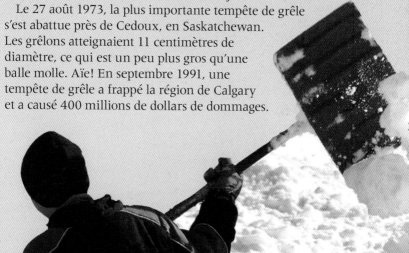

LES PLUS HAUTS SOMMETS
Toujours plus haut

SI TU VEUX GRIMPER LA PLUS HAUTE MONTAGNE DU CANADA, TU DEVRAS TE DIRIGER VERS LE NORD DU PAYS.

D'un sommet...

Le mont Logan, d'une hauteur de 5 959 mètres, est situé dans le sud-ouest du Yukon. Il est au deuxième rang des plus hauts sommets de toute l'Amérique du Nord. Il continue d'ailleurs de grandir en raison des mouvements de la croûte terrestre. De tous les sommets du monde qui ne sont pas issus d'un volcan, le mont Logan est celui qui compte la plus grande circonférence à sa base. Les vents violents qui y soufflent en font l'un des endroits les plus froids sur Terre.

... à un autre

Les Rocheuses sont les montagnes les plus célèbres du Canada, et elles s'étendent aussi jusqu'aux États-Unis. Du côté canadien, le plus haut sommet est le mont Robson, qui s'élève à 3 954 mètres.

Plusieurs sommets des Rocheuses sont plus hauts que le mont Snow Dome, mais ce dernier se distingue pour une autre raison. L'eau qui s'écoule du sommet prend trois directions : celle des océans Pacifique, Arctique et Atlantique (par la baie d'Hudson). Il n'existe aucun autre endroit semblable en Amérique du Nord.

Par chance, je n'ai pas le vertige!

NOM D'UN MONT!

Le mont Logan a été nommé en l'honneur :

a) du superhéros Wolverine dont c'était le vrai nom

b) de la mûre de Logan, un croisement entre la framboise et la mûre

c) de Sir William Edmond Logan, l'un des plus grands géologues du Canada

Réponse : c)

LES POINTS EXTRÊMES

LE CANADA SE TROUVE AU NORD DES ÉTATS-UNIS, N'EST-CE PAS? PAS TOUT À FAIT. PLUS DE LA MOITIÉ (27) DES ÉTATS AMÉRICAINS SONT SITUÉS EN PARTIE AU NORD DU POINT LE PLUS AU SUD DU CANADA, ET 13 LE SONT COMPLÈTEMENT.

Du nord au sud

Le point le plus septentrional du Canada (et de l'Amérique du Nord) est Cape Aldrich, à 987 kilomètres au sud du pôle Nord. Personne n'y demeure en permanence, alors il faut plutôt se rendre à Alert, au Nunavut, pour visiter l'endroit habité situé le plus au nord. Il s'agit du village d'Alert, qui abrite ainsi la salle de quilles la plus septentrionale au monde.

Et quel est le point le plus méridional du Canada? Il s'agit de l'île Middle, sur le lac Érié, dans le sud de l'Ontario. Elle fait partie du parc national de la Pointe Pelée.

D'est en ouest

Chaque matin, le soleil se lève au cap Spear, à Terre-Neuve, avant d'apparaître ailleurs au Canada ou en Amérique du Nord. Pour trouver le point le plus à l'ouest, il faut de nouveau se diriger vers le nord, jusqu'à la frontière entre le Yukon et l'Alaska.

Le centre du Canada

Où est situé le centre géographique du Canada? Au Manitoba ou en Ontario? En observant bien la carte géographique, on constate que c'est tout en haut, dans le sud-est du Nunavut, près du lac Yathkyed.

VRAIMENT?

Certains parcs nationaux du Canada sont plus vastes que certains pays. Par exemple, le parc national du Canada Wood Buffalo (entre l'Alberta et les Territoires du Nord-Ouest) est plus grand que le Danemark ou la Suisse. La réserve de parc national Nahanni, dans les Territoires du Nord-Ouest, a une plus grande superficie que l'Albanie ou Israël.

DE L'EAU EN ABONDANCE
Des fleuves remarquables et des lacs en quantité

LE CANADA COMPTE ENVIRON TROIS MILLIONS DE LACS, PLUS QUE TOUS LES AUTRES LACS DU MONDE RÉUNIS!

Le plus grand au Canada

Regarde, m'man! C'est mon lac!

Le Grand lac de l'Ours est le plus grand lac situé entièrement au Canada. Puisqu'il se trouve dans les Territoires du Nord-Ouest, il n'est pas étonnant qu'il soit partiellement gelé les deux tiers de l'année. Le lac tire son nom du fait qu'il y a beaucoup d'ours dans les environs.

Le plus profond

Le Grand lac des Esclaves est le lac le plus profond non seulement au Canada, mais également en Amérique du Nord. Ce lac a reçu le nom de la Première Nation des Esclaves, installée dans la région. La légende raconte qu'un énorme monstre à tête de dragon habite les profondeurs du lac.

Le plus grand lac d'eau douce

Plus grand que les deux précédents, le lac Supérieur, en Ontario, est l'un des cinq Grands Lacs. À cheval sur la frontière entre le Canada et les États-Unis, il n'est donc pas entièrement au Canada. Toutefois, sa superficie est supérieure à tout autre lac d'eau douce au monde.

Le plus long

Le Mackenzie est le fleuve le plus long et le plus large du Canada. Il traverse une bonne partie des Territoires du Nord-Ouest, et coule vers le nord jusqu'à l'océan Arctique. En tenant compte de ses affluents, les petites rivières qui s'y jettent, le fleuve Mackenzie est parmi les plus longs fleuves du monde.

VRAIMENT?

Il y a suffisamment d'eau dans le lac Supérieur pour recouvrir l'Amérique du Nord et l'Amérique du Sud de 30 centimètres d'eau.

LE PLUS LONG LITTORAL
Circuler autour de toute cette eau

SI TU MARCHAIS SANS T'ARRÊTER POUR MANGER OU DORMIR, TU METTRAIS PLUS DE CINQ ANS ET DEMI À PARCOURIR LES 243 792 KILOMÈTRES DU LITTORAL CANADIEN!

De quoi se vanter

N'oublie pas d'apporter des chaussures (et des bottes) de rechange si tu te lances dans l'aventure. Le littoral canadien est chaud et sablonneux par endroits, mais une grande partie de la côte est rocheuse et parfois même gelée durant toute l'année.

En matière de littoral, le Canada remporte la médaille d'or haut la main. Il n'est talonné par aucun pays, son littoral étant presque cinq fois plus long que celui de l'Indonésie, la médaillée d'argent. Le littoral canadien pourrait faire plus de six fois le tour de l'équateur terrestre. Incroyable, non?

On arrive bientôt?

Encore quelques années.

Pourquoi de si longues côtes?

Non seulement le pays est bordé par les océans Atlantique, Arctique et Pacifique, mais on doit en plus y ajouter le littoral de ses 52 455 îles. De plus, aucune autre baie au monde ne possède un littoral plus long que celui de la baie d'Hudson. Ainsi nommée en l'honneur de l'explorateur Henry Hudson, cette baie qui pénètre au cœur du pays est immense. Malgré son étendue, elle ne compte qu'une dizaine de villages parsemés sur sa très longue côte.

Terre-Neuve-et-Labrador, y compris ses îles, compte le plus long littoral au pays, soit 28 956 kilomètres. L'Alberta et la Saskatchewan n'en ont pas du tout.

27

LES PLUS HAUTES MARÉES
Un va-et-vient perpétuel

C'EST AU CANADA QU'IL Y A LES PLUS HAUTES MARÉES AU MONDE. DEUX ENDROITS SE PARTAGENT CET HONNEUR.

La baie de Fundy

Plusieurs fois par jour, le niveau des océans de la planète monte et descend. Ces marées hautes et basses sont le résultat de l'attraction de la Lune et du Soleil, ainsi que de la rotation de la Terre.

Les plus hautes marées du monde se produisent dans la baie de Fundy, qui sépare le Nouveau-Brunswick de la Nouvelle-Écosse. En moyenne, la différence entre les marées hautes et basses est de 17 mètres. Incroyable, n'est-ce pas?

Les scientifiques expliquent que ces marées hautes sont provoquées par la vitesse des vagues et par la forme en V de la baie de Fundy qui exerce un effet d'entonnoir à mesure que l'eau passe de la large embouchure de l'océan à un espace de plus en plus restreint. Une légende de la Première Nation micmaque raconte que ces marées hautes sont déclenchées par une baleine géante.

La baie d'Ungava

La baie d'Ungava est le théâtre des plus hautes marées du monde aussi. Située dans le nord du Québec, juste sous l'île de Baffin, la baie d'Ungava est en forme de V, comme la baie de Fundy.

L'horaire des marées est une information importante pour les navigateurs et les pêcheurs. Elle leur permet de savoir où naviguer en toute sécurité. Les ingénieurs tiennent aussi compte des marées pour bâtir des ponts et des quais.

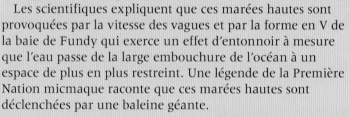

VRAIMENT?

C'est à marée basse, comme ci-haut, qu'il est préférable de visiter le parc des rochers Hopewell Rocks, dans la baie de Fundy. Va à la page 66 pour voir le même paysage à marée haute. L'étrange forme des rochers, surnommés « pots de fleurs », est attribuable aux marées, qui érodent davantage le bas des rochers que le haut.

DES FORÊTS, PARTOUT DES FORÊTS!
Une richesse inestimable

IL EXISTE PEU DE PAYS AU MONDE QUI POSSÈDENT PLUS DE FORÊTS QUE LE CANADA. ENVIRON 10 % DES FORÊTS DE LA PLANÈTE SE TROUVENT AU CANADA.

As-tu fait un câlin à un arbre aujourd'hui?

La forêt boréale occupe plus de la moitié du Canada. Cette forêt du nord abrite surtout des arbres à feuillage persistant comme le cèdre, le pin et l'épinette. Les arbres sont indispensables à la vie de notre planète! Ils produisent l'oxygène dont nous avons besoin pour respirer.

Les arbres absorbent aussi le bruit et filtrent la pollution de l'eau de pluie. En hiver, ils protègent les personnes et les animaux contre le vent tandis qu'en été, leur ombre rafraîchit l'air. Enfin, leurs racines empêchent le sol de s'éroder quand il pleut.

Celui-là, il est à moi!

Les géants

C'est en Colombie-Britannique que l'on retrouve les plus grands sapins de Douglas au monde. L'un d'eux, le sapin de Red Creek sur l'île de Vancouver, s'élève à 74 mètres, soit la hauteur d'un édifice de 24 étages. Le diamètre de ce géant fait plus de quatre mètres. Les experts estiment qu'il a mis au moins 1 000 ans pour atteindre cette taille.

Cependant, le plus grand arbre au Canada est sans doute l'épinette de Sitka, dans la vallée de la Carmanah. Également située sur l'île de Vancouver, elle s'élève à 95 mètres, ce qui en fait l'équivalent d'un édifice de 30 étages, et peut-être la plus haute épinette de Sitka au monde!

VRAIMENT?

C'est sur l'île de Vancouver que se trouvent certains des plus grands arbres du Canada. Cela s'explique par la grande quantité de lumière, de nutriments et d'eau qu'ils reçoivent. Ils doivent aussi grandir en hauteur pour profiter de la lumière du soleil.

Les provinces canadiennes détiennent huit des dix premières places au classement des provinces et des États possédant la plus grande étendue de forêt.

LES ANIMAUX LES PLUS ÉTRANGES DE LA PLANÈTE? LE CANADA EST SERVI! EN VOICI QUELQUES-UNS QUI SONT DIGNES DE MENTION.

La licorne de mer

Les licornes appartiennent au monde des légendes, mais cette créature est bien réelle. Le narval possède une défense (il s'agit en fait d'une dent) qui peut atteindre 2,7 mètres de long. Les mâles l'utilisent parfois pour se battre, comme lors d'un combat à l'épée.

VRAIMENT?

La couleur des yeux du renne passe du bleu foncé en hiver au jaune en été. Cette caractéristique l'aide à mieux voir, à la fois dans la faible lumière de l'hiver et dans la lumière vive de l'été.

Une véritable star

Aucun animal ne possède un museau plus sensible que la taupe à nez étoilé. Les 22 tentacules qui forment son nez servent à repérer sa proie, à l'identifier et à la manger en seulement 120 millisecondes!

Une sieste hivernale

La grenouille des bois s'enterre durant l'hiver. À mesure que le sol gèle, son cerveau, ses yeux et son cœur gèlent aussi. Au printemps, la grenouille décongèle et se remet vite à sauter!

Les scorpions de mer qui vivaient au Canada il y a 400 millions d'années étaient aussi gros que des voitures.

**QUELLE CRÉATURE EST LA PLUS EFFRAYANTE?
LA RÉPONSE RISQUE DE TE SURPRENDRE.**

Heureusement, ils ne nous aiment pas

La force, les dents pointues et les puissantes griffes des ours, des loups et des cougars en font des animaux extrêmement dangereux. Heureusement, la plupart d'entre eux se tiennent loin des endroits habités. On trouve aussi au Canada quelques espèces de serpents venimeux. Mais plutôt que d'enfoncer leurs crocs dans le premier mollet qu'ils croisent, ils s'éloignent généralement en ondulant dans l'herbe sans qu'on remarque leur présence.

Qui m'a traitée de minus?

Ne pas déranger

La morsure de l'araignée recluse brune, également appelée araignée violon à cause des marques sur son corps, peut être mortelle. Heureusement, cette araignée a tendance à vivre là où elle ne sera pas dérangée. Les morsures sont donc rares.

Laissons-leur de l'espace

Ils n'ont pas de dents ni de griffes pointues, mais les wapitis et les orignaux peuvent causer bien des dommages, étant donné leur taille et leur poids. En effet, ils ne craignent pas les humains, ils sont souvent impliqués dans des accidents de la route et peuvent devenir très agressifs pendant la période de reproduction ou lorsqu'ils protègent leurs petits.

VRAIMENT?
Quels animaux causent le plus de blessures aux humains? Les chiens, les chevaux et les vaches, principalement parce qu'il y a beaucoup de gens qui les côtoient régulièrement. Les moustiques porteurs du virus du Nil occidental sont dangereux aussi; ils peuvent transmettre une maladie grave.

Meuh?

31

Il s'en est passé des choses au Canada depuis que ses quatre colonies se sont unies en 1867. Le pays compte maintenant dix provinces et trois territoires. Il s'étend de l'Atlantique au Pacifique, et tout au Nord jusqu'à l'Arctique. On y a construit un chemin de fer transcontinental, découvert du pétrole, organisé trois Jeux olympiques et célébré une goélette de course championne. Découvre les histoires à l'origine de dix événements inoubliables qui ont fait du Canada ce qu'il est aujourd'hui.

CHAPITRE 3

LE CANADA EN DIX MOMENTS INOUBLIABLES

En mots et en photos

JOYEUX ANNIVERSAIRE, CANADA!
La Confédération unit les provinces

LE 1ER JUILLET 1867, LE PARLEMENT BRITANNIQUE UNIT OFFICIELLEMENT LA NOUVELLE-ÉCOSSE, LE NOUVEAU-BRUNSWICK, LE QUÉBEC ET L'ONTARIO, CRÉANT AINSI LE DOMINION DU CANADA GRÂCE À L'ACTE DE L'AMÉRIQUE DU NORD BRITANNIQUE.

Pourquoi s'unir?

• **La politique :** La province du Canada (aujourd'hui l'Ontario et le Québec) était la plus peuplée, mais les anglophones et les francophones qui en faisaient partie n'étaient pas toujours d'accord. En se joignant à d'autres colonies, ils espéraient régler leurs différends politiques.

• **L'économie :** Le Canada exportait beaucoup de marchandises vers la Grande-Bretagne, comme du poisson, du bois d'œuvre et des fourrures. Mais la Grande-Bretagne commençait à s'approvisionner ailleurs aussi. C'était judicieux de développer le commerce à *l'intérieur* du Canada.

• **La sécurité :** Les colonies s'inquiétaient de voir les États-Unis acheter ou s'approprier une partie du territoire canadien. Après tout, ils avaient acquis de la Grande-Bretagne le territoire de l'Oregon en 1846 et avaient enlevé le Texas au Mexique. De plus, en 1812, ils avaient bel et bien tenté d'envahir le Canada.

• **Le transport :** La promesse d'un chemin de fer traversant le Canada était intéressante; ce service favoriserait les déplacements et le commerce. Par ailleurs, un pays uni faciliterait la réalisation d'un tel projet.

« Soyons Français, soyons Anglais mais surtout, soyons Canadiens! »
— John A. Macdonald, 1er premier ministre du Canada.

Le Canada, étape par étape

Il a fallu 132 ans pour rassembler les provinces et territoires qui forment le Canada.

1867 : Nouveau-Brunswick, Nouvelle-Écosse, Ontario, Québec

1870 : Manitoba, Territoires du Nord-Ouest

1871 : Colombie-Britannique

1873 : Île-du-Prince-Édouard

1898 : Yukon

1905 : Alberta, Saskatchewan

1949 : Terre-Neuve-et-Labrador

1999 : Nunavut

E DERNIER CRAMPON
D'un océan à l'autre en train

LE 7 NOVEMBRE 1885, UN GROUPE D'ADMINISTRATEURS, DE CONSTRUCTEURS ET D'ARPENTEURS DU CANADIEN PACIFIQUE SE SONT RÉUNIS À CRAIGELLACHIE, EN COLOMBIE-BRITANNIQUE, POUR CÉLÉBRER UN EXPLOIT REMARQUABLE : LA CONSTRUCTION D'UN CHEMIN DE FER TRAVERSANT LE CANADA.

Prêt, pas prêt...

Même si la cérémonie avait pour but de souligner l'achèvement de la construction du chemin de fer, il restait quand même du travail à faire avant de lancer le service régulier.

VRAIMENT?

Donald Smith, qui a fourni le financement et le soutien nécessaires au projet de chemin de fer, a eu l'honneur d'enfoncer le dernier crampon. Malheureusement, à sa première tentative, le crampon a plié. Mais au second essai, il a réussi à enfoncer le crampon, comme le montre la célèbre photo (à droite).

La deuxième fois est la bonne!

Comment y sont-ils arrivés?

Il suffit de jeter un coup d'œil à une carte du Canada pour comprendre à quel point il a été difficile de construire un chemin de fer dans ce vaste pays aux reliefs si variés. Il a fallu des prouesses d'ingénierie, et beaucoup de travail éreintant et dangereux pour y arriver.

Les travailleurs ont dû utiliser de la dynamite pour se frayer un passage dans le roc des montagnes presque infranchissables de l'Ouest.

De nombreux travailleurs ont perdu la vie, mais le chemin de fer a fini par se concrétiser. Il est devenu une force politique et économique rassembleuse pour le Canada.

À LA RESCOUSSE DU *TITANIC*
L'aide d'Halifax

LORS DE LA NUIT FROIDE DU 14 AVRIL 1912, ON APPRENAIT À LA STATION MARCONI DU CAP RACE, À TERRE-NEUVE, QUE LE MAJESTUEUX PAQUEBOT LE *TITANIC* AVAIT HEURTÉ UN ICEBERG À 590 KILOMÈTRES AU SUD DE TERRE-NEUVE.

Cauchemar en mer

Le télégramme annonçait que les passagers étaient hors de danger et que le navire serait bientôt remorqué à Halifax. Mais le monde entier n'a pas tardé à découvrir la terrible vérité. « L'insubmersible » *Titanic* de la compagnie White Star avait coulé en seulement 2 heures et 40 minutes.

Plus de 1 500 passagers ont péri. Après avoir dérivé pendant des heures dans des canots de sauvetage sur l'océan glacial, un peu plus de 700 survivants ont finalement été secourus par le *Carpathia*. Peu de temps après, quatre navires ont quitté Halifax pour aller récupérer les corps sur les lieux du naufrage.

Halifax se souvient

Il est toujours possible de se recueillir sur la tombe des victimes du *Titanic* au cimetière Fairview Lawn à Halifax. De plus, on peut en apprendre davantage sur le navire et sur le rôle qu'Halifax a joué dans ce naufrage au musée maritime de l'Atlantique. Ce dernier possède plusieurs artéfacts rares tels que des chaussures d'enfant, un bouton d'uniforme et une chaise longue. Ils ont été retrouvés au fond de l'océan quand le docteur Robert Ballard et son équipe, dont faisait partie le chercheur canadien Joseph MacInnis, ont découvert l'épave du navire en 1985.

Un film à grand succès

Sorti en 1997, le film *Titanic*, du réalisateur canadien James Cameron, a remporté de nombreux prix, y compris l'Oscar du meilleur film. Un véhicule téléguidé révolutionnaire a permis de tourner des images de l'épave pour les besoins de ce film épique.

VRAIMENT?

Hilda Slayter, une passagère du *Titanic* originaire d'Halifax, a miraculeusement survécu non seuleme au naufrage, mais auss l'explosion d'Halifax ci ans plus tard. C'est c qu'on appelle avoir de chance!

LA VICTOIRE DU *BLUENOSE!*
La légende de l'Atlantique Nord

LE BLUENOSE ÉTAIT UNE LÉGENDAIRE GOÉLETTE DE PÊCHE ET DE COURSE QUI OCCUPE TOUJOURS UNE PLACE SPÉCIALE DANS LE COEUR DES HABITANTS DES PROVINCES DE L'ATLANTIQUE.

Construit pour la vitesse

Le *Bluenose* a été inauguré à Lunenburg, en Nouvelle-Écosse, le 26 mars 1921. La vitesse est un critère important pour les bateaux de pêche, car le premier à revenir au port obtient le meilleur prix pour sa prise. Ce vaisseau aux lignes pures, avec le capitaine Angus Walter à la barre, a défait sa rivale américaine, *Elsie*, lors de l'international Fishermen's Race en octobre de la même année. Le *Bluenose* a continué sur sa lancée en remportant un grand nombre de courses internationales, tout en demeurant un vaillant navire de pêche sillonnant l'océan en quête de morue et d'autres poissons.

Les temps changent

Dans les années 1930, les bateaux à moteur et les chalutiers ont remplacé les goélettes de pêche. Le *Bluenose* a été vendu à la Compagnie des Indes occidentales pour le transport de marchandises. Le 28 janvier 1946, avec à son bord une pleine cargaison de bananes, il s'est échoué sur un récif au large de Haïti et a coulé.

La légende renaît

Malgré sa triste fin, l'héritage de la goélette reste bien vivant. L'image du *Bluenose* figure sur les plaques d'immatriculation de la Nouvelle-Écosse, orne les pièces de dix cents depuis 1937, et a fait l'objet de trois émissions de timbres.

En 1963, une réplique du *Bluenose* a été construite selon les plans originaux. En 1971, le *Bluenose II* a été offert au gouvernement canadien. La goélette vogue dans les eaux de l'Amérique du Nord, permettant aux gens de monter à bord pour mieux apprécier cette légende de l'histoire maritime.

ON A TROUVÉ DU PÉTROLE!
De l'or noir à Leduc, en Alberta

LE 13 FÉVRIER 1947, TOUS LES GENS PRÉSENTS ONT VU AVEC ÉTONNEMENT LE PÉTROLE JAILLIR DU SOL À LEDUC, EN ALBERTA. DEPUIS, CETTE PROVINCE N'A PLUS JAMAIS ÉTÉ LA MÊME.

Forer pour trouver du pétrole

Pendant des années, le bruit a couru qu'il y avait de riches gisements de pétrole en Alberta. Les autochtones utilisaient ce qui semblait être du pétrole pour imperméabiliser leurs canots, et s'en servaient aussi comme onguent médicamenteux. À la fin du 19ᵉ siècle, des pionniers ont observé une pellicule huileuse sur des flaques d'eau, ainsi qu'une étrange odeur dans l'air. C'était sûrement du pétrole!

En 1913, le forage a débuté. Trois puits produisaient effectivement du pétrole. En un rien de temps, 500 compagnies pétrolières se sont formées, mais, c'est surtout du naphta, sorte de gaz naturel, que l'on trouvait à cette époque. Au cours des années suivantes, peu de forages ont été couronnés de succès.

Le forage de la dernière chance

Après autant d'échecs, les pétrolières et les investisseurs étaient prêts à abandonner. La compagnie Imperial Oil a décidé de tenter un dernier essai. Une équipe a donc commencé à forer sur une ferme à environ 15 kilomètres à l'ouest de Leduc. Au grand étonnement de tous, un forage d'essai a permis de faire jaillir un geyser de pétrole. Le 13 février 1947, le véritable forage a débuté. La terre a grondé, la foule a retenu son souffle et le pétrole a jailli du puits que l'on a nommé Leduc n° 1.

Le pétrole a transformé l'Alberta

Le pétrole a assuré la prospérité de l'Alberta et y a entraîné un boom démographique. Aujourd'hui, un grand nombre de raffineries, d'usines pétrochimiques, de compagnies de pipelines et d'entreprises liées au pétrole s'y sont installées. L'Alberta a vu son statut passer de province « qui n'avait rien » à celui de province riche et autosuffisante.

VRAIMENT?
Avant de découvrir le gisement de Leduc, l'Imperial Oil avait dépensé des millions et foré 133 puits secs consécutifs en Alberta et en Saskatchewan, et ce, sur une période de 27 ans.

TERRE-NEUVE SE JOINT AU CANADA
Enfin!

IL AURA FALLU PLUS DE 80 ANS ET DEUX RÉFÉRENDUMS POUR QUE TERRE-NEUVE SE JOIGNE ENFIN AU CANADA EN 1949.

Pourquoi si longtemps?

Les Terre-Neuviens aimaient bien leur indépendance. Confiants de pouvoir prospérer seuls, ils ont refusé de se joindre au Canada en 1867 alors que plusieurs autres colonies britanniques acceptaient.

Les temps difficiles

Dans les années 1920, l'industrie de la pêche a décliné rapidement, et l'économie de Terre-Neuve en a beaucoup souffert. Avec la Grande Dépression, la situation s'est encore détériorée dans les années 1930.

Grâce aux bases américaines et aux troupes venues s'installer à Terre-Neuve pendant la Seconde Guerre mondiale, la province a connu un nouvel essor. Plusieurs s'inquiétaient toutefois de ce qui arriverait une fois la guerre terminée. Après tout, la Grande-Bretagne était à court d'argent et occupée à sa propre reconstruction. Les Anglais ne seraient donc pas enclins à vouloir soutenir l'économie chancelante de Terre-Neuve. De son côté, le Canada craignait que les États-Unis exercent une trop grande influence sur Terre-Neuve. Le moment était venu de revisiter les anciennes propositions.

Joey Smallwood prend position

Joey Smallwood, journaliste et animateur de radio, n'a pas ménagé ses efforts pour convaincre Terre-Neuve de se joindre au Canada dans le but d'améliorer les services publics, le niveau de vie et le commerce. En 1948, on organise deux référendums à Terre-Neuve permettant à la population de se prononcer sur cette question. Les Terre-Neuviens votent « oui » dans une proportion de 52,3 %. Peu de temps après, Joey Smallwood est élu premier ministre de Terre-Neuve.

En 2001, le nom de la province passe officiellement de Terre-Neuve à Terre-Neuve-et-Labrador.

NOTRE DRAPEAU
L'unifolié rouge et blanc

LE DRAPEAU NATIONAL OFFICIEL DU CANADA, REPRÉSENTÉ PAR UNE GRANDE FEUILLE D'ÉRABLE ROUGE SUR FOND BLANC AVEC DEUX BORDURES ROUGES, A ÉTÉ DÉPLOYÉ ET HISSÉ POUR LA PREMIÈRE FOIS LE 15 FÉVRIER 1965.

Le débat sur le drapeau canadien

Il a fallu plus de 40 ans pour créer et approuver le drapeau canadien! En 1925, un premier comité a commencé à chercher des idées de dessins. En 1946, un second comité a reçu plus de 2 600 suggestions, dont certaines apparaissent ci-dessous. Pourtant, ses membres ne sont pas parvenus à s'entendre. En 1964, alors que le centenaire du Canada approchait, on a redoublé d'efforts pour doter le pays d'un drapeau. Finalement, le dessin accrocheur et attrayant de la feuille d'érable, conçu par le docteur George Stanley du Collège militaire royal de Kingston, a été approuvé par le Parlement. Le Canada avait enfin son drapeau.

Pourquoi ce dessin?

Un drapeau rassemble les gens et leur rappelle le caractère unique de leur pays. Que signifie celui du Canada? Le rouge et le blanc ont représenté la France et l'Angleterre à travers l'histoire. En 1921, ces couleurs ont été approuvées par le roi George V comme couleurs officielles du Canada. De plus, l'érable a toujours été d'une grande importance pour les autochtones, qui en recueillaient la sève chaque printemps. Enfin, l'origine de la feuille d'érable en tant que symbole du Canada remonte à 1700.

Le dessin du drapeau avait pour but de représenter tous les Canadiens « sans distinction de race, de langue, de croyance ou d'opinion ».

Le drapeau est deux fois plus long que haut. Le dessin a été choisi à la suite d'un essai en soufflerie ayant démontré que c'était celui qui apparaissait le moins flou par vent fort.

UN NOUVEAU TERRITOIRE EST NÉ
Bienvenue, Nunavut!

LE 1ER AVRIL 1999, LE NUNAVUT EST DEVENU UN TERRITOIRE CANADIEN. CET ÉVÉNEMENT A ÉTÉ CÉLÉBRÉ PAR DES FESTIVITÉS, DES DISCOURS, DES DANSES ET DES JEUX TRADITIONNELS INUITS.

Une longue histoire

Les Tuniits (ou Dorsétiens) étaient les premiers habitants du Nunavut. On croit qu'ils sont venus de la Russie il y a environ 5 000 ans en traversant une bande de terre, aujourd'hui submergée par le détroit de Bering. Les Thuléens, eux, se sont installés dans la région il y a environ 1 000 ans, et ont fini par imposer leur culture. Les Inuits, descendants des Thuléens, ont commencé à commercer avec les chasseurs de baleine basques et portugais dans les années 1500, et sont entrés en contact avec les explorateurs européens qui cherchaient le passage du Nord-Ouest. Malgré tout, leur mode de vie n'a pas beaucoup changé.

Des temps difficiles

À partir des années 1600, les Inuits ont fait du troc avec la Compagnie de la Baie d'Hudson, échangeant des fourrures et des peaux contre des outils et de la nourriture. Leur mode de vie s'est transformé petit à petit. Les plus grands changements sont survenus dans les années 1930, lorsque le marché des fourrures s'est effondré. En 1941, le gouvernement a mis les Inuits sous la tutelle de l'État. Dans les années 1950, un grand nombre d'Inuits ont été expulsés de leurs villages. Des enfants ont été enlevés à leurs parents et placés dans des pensionnats.

Les revendications territoriales des Inuits

En 1976, les Inuits ont présenté au gouvernement leur première revendication territoriale, et ont exprimé leur désir d'établir un nouveau territoire dont la langue officielle serait l'inuktitut. En 1982, une clause protégeant les revendications territoriales des autochtones a été ajoutée à la Constitution canadienne. La naissance du nouveau territoire le 1er avril 1999 a fait la manchette des journaux du monde entier.

VRAIMENT?

Le Nunavut couvre un vaste territoire : un cinquième de la masse terrestre du Canada.

41

IL ÉTAIT JEUNE ET COURAGEUX ET IL AVAIT UNE MISSION. CHAQUE PAS DE SA COURSE HÉROÏQUE A REDONNÉ ESPOIR AUX PATIENTS ATTEINTS DE CANCER PARTOUT DANS LE MONDE.

Point de départ : Terre-Neuve

Terry Fox a perdu une jambe à cause du cancer alors qu'il n'avait que 18 ans. Cette épreuve aurait pu le ralentir, mais au contraire, elle l'a propulsé dans l'action. Après une période d'entraînement intense, Terry Fox a entamé son marathon de l'espoir à St. John's, à Terre-Neuve. Le 12 avril 1980, il a trempé sa jambe artificielle dans l'océan Atlantique et a rempli deux grosses bouteilles d'eau. Il avait l'intention d'en garder une en souvenir et de verser l'autre dans l'océan Pacifique une fois son parcours terminé.

Le marathon de l'espoir

Les premiers jours ont été difficiles. Terry a dû affronter des vents violents, des pluies abondantes et une tempête de neige. Au début, ses efforts ne retenaient pas tellement l'attention, mais peu à peu son courage et sa persévérance ont fait de lui un héros national. Rien ne semblait pouvoir arrêter ce jeune homme, même pas la douleur.

À la fin du mois d'août, cependant, le cancer ayant progressé jusqu'à ses poumons, Terry a dû mettre fin à son marathon à Thunder Bay, en Ontario. Il avait couru pendant 143 jours et avait parcouru 5 373 kilomètres. Il est rentré chez lui pour subir des traitements, mais l'année suivante, le 28 juin 1981, le pays pleurait sa mort.

L'espoir est toujours là

Malgré la mort de Terry, l'impact de ce qu'il venait d'accomplir commençait à se faire sentir. La journée Terry Fox, qui se tient chaque année, a permis de recueillir plus de 650 millions de dollars pour la recherche sur le cancer à travers le monde.

VRAIMENT?

En moyenne, Terry parcourait la distance d'un marathon par jour, soit 42 kilomètres, sept jours sur sept.

« Je crois aux miracles. Je dois y croire. »
— Terry Fox

VANCOUVER 2010
Le sport à la mode de Vancouver

CHAQUE ÉDITION DES JEUX OLYMPIQUES EST LE REFLET DES ATHLÈTES, D'UNE ÉPOQUE, D'UN CLIMAT ET D'UN LIEU. LES JEUX DE VANCOUVER EN 2010 N'ONT PAS FAIT EXCEPTION.

Quelques faits sur ces Jeux

• Le relais de la flamme olympique a été le plus long de toute l'histoire; la flamme a mis 106 jours à traverser le Canada.

• 82 pays et 2 566 athlètes ont participé aux Jeux.

• Le Canada a été le pays hôte à remporter le plus grand nombre de médailles d'or. Il a battu le record, établi par la Norvège en 1952, avec 14 médailles d'or!

• Ces Jeux olympiques ont été les plus accessibles pour les handicapés et les premiers à adopter des standards environnementaux pour les nouvelles constructions.

• Pour la première fois, les peuples autochtones ont été reconnus comme partenaires officiels, et ce, dans tous les aspects des Jeux.

L'après-Jeux

Les Jeux olympiques de Vancouver ont coûté plus de sept milliards de dollars, mais ils ont permis d'apporter plusieurs améliorations à la ville telles que l'élargissement de l'autoroute « Sea-to-Sky », la construction d'une ligne de métro vers l'aéroport de Vancouver et la rénovation du centre des congrès de Vancouver.

VRAIMENT?
La Monnaie royale canadienne a fabriqué plus de 1 000 médailles pour les Jeux olympiques et paralympiques de 2010. Chaque médaille est différente et à l'image des exploits des athlètes.

C'était la troisième fois que le Canada accueillait les Jeux olympiques : les Jeux d'été ont eu lieu à Montréal en 1976, et les Jeux d'hiver à Calgary en 1988.

Des Canadiens ont voyagé
dans l'espace, sont passés en
trombe au-dessus des denses
forêts du Canada, et ont levé
les yeux vers la voûte céleste
étoilée. Ils ont même rêvé
un jour de visiteurs venus
d'une planète située loin, très
loin d'ici. Voici dix histoires
inspirantes de haut vol!

CHAPITRE 4

LE CANADA PREND SON ENVOL

Des idées et des inventions qui nous propulsent toujours plus loin

LA COMBINAISON ANTI-G
Combattre la gravité pour gagner la guerre

AU DÉBUT DE LA SECONDE GUERRE MONDIALE, LES PILOTES DE CHASSE RISQUAIENT DE PERDRE CONNAISSANCE LORSQUE LEUR AVION ACCÉLÉRAIT RAPIDEMENT. WILBUR R. FRANKS A VOLÉ AU SECOURS DE CES BRAVES AVIATEURS.

Une solution antigravité

Les manœuvres à haute vitesse dans les avions de chasse empêchaient le cœur du pilote d'envoyer le sang jusqu'au cerveau; c'est pourquoi souvent le pilote s'évanouissait, ce qui pouvait avoir des conséquences désastreuses.

En 1941, Wilbur Franks, médecin et inventeur canadien, a présenté une combinaison antigravité remplie d'eau baptisée la combinaison anti-g. Cette combinaison ajustée en caoutchouc comportait deux couches : la couche intérieure reposait sur la peau du pilote tandis que la couche extérieure était remplie d'eau. Celle-ci exerçait une pression sur les jambes et l'abdomen du pilote, ce qui faisait circuler le sang normalement au lieu de s'accumuler dans les membres inférieurs. Le concept de cette combinaison de vol a inspiré la fabrication des uniformes que portent aujourd'hui les pilotes de l'air et les astronautes.

Du gros bon sens!

Afin de tester la combinaison, et d'aider les pilotes par la même occasion, le docteur Franks a également inventé la centrifugeuse humaine. Cette machine faisait tournoyer les pilotes dans tous les sens pour simuler les forces gravitationnelles (les forces g) que ces derniers subissaient à haute vitesse. Cela leur permettait de s'entraîner pour le combat. Le travail de Wilbur Franks a procuré aux pilotes canadiens et aux Alliés un avantage certain sur les pilotes ennemis, et a contribué à la victoire des Alliés lors de la Seconde Guerre mondiale.

VRAIMENT?

Les inventions de Wilbur Franks ont sauvé des milliers de vies. On estime que cinq fois plus de pilotes ont survécu à la Seconde Guerre mondiale grâce à la combinaison anti-g.

DES VOLS DE LONGUES DISTANCES
Les grandes migrations

CERTAINES CRÉATURES AILÉES CANADIENNES FRANCHISSENT DES DISTANCES ÉTONNANTES ET DÉTIENNENT DES RECORDS DU MONDE.

Un périple impressionnant

Chaque année, la sterne arctique, un oiseau de mer blanc de taille moyenne, vole de son territoire dans la toundra arctique du Canada, jusqu'à l'océan au large de l'Antarctique. Quelques mois plus tard, elle refait le trajet en sens inverse. C'est un voyage aller-retour annuel de plus de 70 000 kilomètres, un record pour la plus longue migration au monde. Cet oiseau résistant peut vivre plus de 30 ans. Au cours de sa vie, il peut donc franchir plus de 2,1 millions de kilomètres, soit l'équivalent de trois fois l'aller-retour jusqu'à la Lune.

Quand est-ce qu'on arrive?

Une mystérieuse destination

Chez les insectes, les papillons monarques du Canada sont les champions de la plus longue migration. Ils parcourent jusqu'à 4 500 kilomètres pour rejoindre

VRAIMENT?
Les sternes arctiques vivent en grandes colonies et elles savent toutes quand le temps est venu de commencer la migration. Juste avant de s'envoler, la bruyante colonie devient soudain silencieuse, puis les oiseaux prennent leur envol.

leur quartier d'hiver. Pendant des années, les scientifiques n'avaient aucune idée de l'endroit où ils allaient. Les Canadiens Fred et Norah Urquhart ont passé 38 ans à chercher le site au Mexique, et l'ont enfin trouvé en 1975.

Les chercheurs tentent toujours de comprendre comment, au printemps, la nouvelle génération de papillons sait d'instinct comment retourner à l'endroit où parents et grands-parents passaient leurs étés. Certains experts croient que les monarques se servent du champ magnétique terrestre; d'autres pensent qu'ils s'orientent à l'aide du soleil.

LES CHAMPIONS MIGRATEURS

Sterne arctique	35 000 kilomètres
Baleine à bosse	8 500 kilomètres
Papillon monarque	4 500 kilomètres
Caribou	1 125 kilomètres

UN BRAS INDISPENSABLE
Au-delà des étoiles

LE BRAS SPATIAL CANADIEN EST UN BRAS ROBOTISÉ GÉANT QUI A FAIT LA RENOMMÉE DU CANADA DANS L'ESPACE. GRÂCE À CET OUTIL INGÉNIEUX, LE CANADA EST RECONNU COMME CHEF DE FILE DE LA ROBOTIQUE.

Canadarm

Utilisé pour la première fois en 1981 à bord de la navette spatiale *Columbia*, le bras spatial canadien était doté d'articulations qui fonctionnaient comme ton épaule, ton coude et ton poignet.

Le bras robotique a rendu le quotidien des astronautes plus facile et plus sécuritaire. Lors d'une mission spatiale à bord de la navette *Discovery* en 1984, de la glace s'est formée sur un des conduits d'évacuation de la navette. Cette situation aurait pu être dangereuse, mais un seul petit coup donné par le bras canadien et la glace s'est brisée avant de partir à la dérive. Le bras canadien assurait l'entretien de navettes en orbite, et il a été utilisé pour réparer le télescope spatial Hubble et pour la construction de la Station spatiale internationale (SSI).

Canadarm2

Le bras spatial canadien a été mis hors service après 90 missions, mais Canadarm2 continue d'aider les astronautes de la SSI. Il est un peu plus long et environ quatre fois plus lourd que le premier modèle. Il est aussi plus flexible; ses articulations peuvent effectuer plus de rotations que ton bras.

Un coup de main

Dextre est un autre robot canadien utilisé par les astronautes de la SSI. Équipé d'outils et d'une caméra, Dextre, également appelé la « main canadienne », peut être fixé à l'extrémité de Canadarm2 et être placé à différents postes de travail.

La première tâche officielle de Dextre en février 2011 consistait à décharger de l'équipement pendant que l'équipage de la SSI dormait.

CHRIS HADFIELD
Commandant canadien

TWITTER, PHOTOS, CLIPS, CHANSONS, CHRIS HADFIELD A SUSCITÉ L'INTÉRÊT DU MONDE ENTIER POUR LES VOYAGES DANS L'ESPACE COMME JAMAIS AUPARAVANT.

Un rêve devenu réalité

Enfant, Chris Hadfield rêvait de devenir astronaute. Il a d'abord été pilote de chasse. En juin 1992, il a été l'un des quatre astronautes canadiens choisis par le Programme spatial canadien parmi plus de 5 000 candidats. Trois ans plus tard, il

est devenu le premier Canadien à monter à bord d'un vaisseau spatial russe et à utiliser le bras spatial canadien.

L'homme des grandes premières

Chris Hadfield s'est distingué plusieurs fois au cours de sa carrière. Lors de son voyage initial à la SSI en 2001, il a été le premier Canadien à quitter un vaisseau spatial et à flotter librement dans l'espace. En décembre 2012, il a entamé un séjour de cinq mois à la SSI en tant que commandant. Il est devenu le premier Canadien à occuper ce poste. Il a également été le premier à tourner un clip dans l'espace, avec son interprétation d'une chanson à succès de David Bowie, *Space Oddity*.

L'espace à la portée de tous

Chris Hadfield a grandement contribué à démystifier la vie dans l'espace en répondant aux questions que les gens lui envoyaient : Est-ce que votre nez coule plus dans l'espace? (non, car il n'y a pas de gravité); que se passe-t-il quand vous éternuez dans votre casque? (ça salit); est-ce qu'on rote dans l'espace? (non).

VRAIMENT?

Chris Hadfield a le vertige! Quand il se penche au balcon d'un immeuble, il a la nausée. Mais, selon lui, les astronautes doivent être prêts à affronter de nombreux dangers.

LES AVIONS DE BROUSSE
Conçus pour le nord du Canada

NOMBREUX VILLAGES ÉLOIGNÉS QUI DÉPENDENT DES AVIONS POUR S'APPROVISIONNER. CES AVIONS DOIVENT ÊTRE BIEN PARTICULIERS POUR BRAVER LE RUDE CLIMAT DE CES RÉGIONS.

Ses particularités

Impossible de ne pas reconnaître un avion de brousse. Il est équipé de flotteurs pour pouvoir se poser sur l'eau, de skis pour atterrir sur la neige, et de roues pour atterrir sur le sol. Ses pneus sont souvent très grands afin de faciliter le décollage sur des surfaces inégales

en toute sécurité. Dans le Nord, les pistes d'atterrissage sont parfois très courtes… ou inexistantes!

Les ailes hautes de l'avion de brousse facilitent le chargement et le déchargement, surtout sur les quais. L'emplacement des ailes réduit aussi le risque de dommage en cas de décollage ou d'atterrissage difficile. Alors que les autres types d'avion possèdent un train d'atterrissage avant, les avions de brousse sont plutôt dotés d'un train arrière. L'avantage, c'est que la roulette de queue se répare généralement plus facilement que la roulette de nez. De plus, un avion ayant une roulette de nez endommagée souvent ne peut pas voler.

Robuste, fiable et doté d'un grand espace de chargement, le *Norseman* était surnommé « le cheval du trait du ciel » et « le camion volant d'une tonne ».

Le *Norseman*

Ces petits avions robustes qui ont permis d'accéder aux régions reculées du nord du Canada ont également pris part à des actions militaires. Le plus populaire d'entre eux est le *Norseman*, le premier avion de brousse de conception canadienne. Construit en 1935 par le Montréalais Robert Noorduyn, il a été piloté par des pilotes canadiens et américains durant la Seconde Guerre mondiale.

DES AURORES BORÉALES SPECTACULAIRES
Un ciel éblouissant!

LE NORD DU CANADA EST L'UN DES MEILLEURS ENDROITS AU MONDE POUR ASSISTER AU MERVEILLEUX SPECTACLE QUE SONT LES AURORES BORÉALES.

D'où viennent ces lueurs?

Les rideaux de couleur qui ondulent dans le ciel du Nord apparaissent lorsque des particules de gaz présentes dans l'atmosphère terrestre entrent en collision avec des particules solaires chargées électriquement. Le Soleil émet ces particules pendant sa rotation, et le vent solaire les projette vers la Terre.  La majorité des particules sont déviées par le champ magnétique de la Terre. Mais en raison de la forme irrégulière de ce champ, certaines particules parviennent à entrer aux pôles.

Regarde *et* écoute

La meilleure période de l'année pour voir des aurores boréales se situe entre le 21 septembre et le 21 mars. C'est à ce moment-là que les champs magnétiques de la Terre et du Soleil sont les plus rapprochés.

Si les particules chargées du Soleil heurtent les molécules d'oxygène haut dans l'atmosphère, les molécules de gaz prendront une teinte rouge. Si elles les frappent plus près de la Terre, elles seront vertes. Si ce sont des particules de nitrogène qui sont heurtées, elles seront violettes.

Enfin, n'oublie pas de prêter l'oreille. Certaines personnes affirment avoir entendu des claquements et des sifflements alors qu'elles observaient des aurores boréales. Les scientifiques croient que ces bruits sont causés par des particules solaires situées haut dans le ciel.

VRAIMENT?

Le Canada compte davantage de réserves de ciel étoilé (RCE) que tous les autres pays réunis. Les RCE sont des territoires sans pollution lumineuse ayant pour but de faciliter l'observation des étoiles et des phénomènes du ciel nocturne. La plus grande RCE au monde est celle du parc national du Canada Wood Buffalo, dans les Territoires du Nord-Ouest et en Alberta.

LA CBC ET RADIO-CANADA
Les communications d'un océan à l'autre

LE CANADA A CONSTRUIT SES PREMIÈRES STATIONS DE RADIO PRIVÉES EN 1922, ENTRE AUTRES À MONTRÉAL, À VANCOUVER ET À EDMONTON. IL EST VITE DEVENU CLAIR QUE LE PAYS AVAIT BESOIN D'UN DIFFUSEUR NATIONAL POUR SERVIR SES CITOYENS.

Un diffuseur national

Au début de la radio, un grand nombre de stations radiophoniques américaines diffusaient au Canada. Le gouvernement canadien souhaitait protéger et refléter la culture canadienne, pour cela une station canadienne était nécessaire. En 1936, il a créé la Canadian Broadcasting Corporation (CBC), le réseau anglais, et Radio-Canada, le réseau français.

À cette époque, dix heures de programmation française et anglaise étaient offertes quotidiennement. Dix ans plus tard, un total de 43 heures d'émissions étaient diffusées chaque jour dans les deux langues. Pour plaire à tous les Canadiens, la programmation comprenait des matchs de hockey, des visites royales, des émissions pour les agriculteurs, etc.

> **VRAIMENT?**
> Aujourd'hui, le réseau est également diffusé sur le Web, et la radio diffuse non seulement en français et en anglais, mais aussi dans huit langues autochtones.

L'arrivée de la télévision

En 1952, les premières chaînes de télévision CBC et Radio-Canada (devenue aujourd'hui ICI Radio-Canada Télé) sont entrées en ondes à Toronto et à Montréal. Uncle Chichimus, une marionnette chauve, et sa nièce Hollyhock (ci-dessous) sont apparues lors de la première émission anglaise. En 1955, 66 % des Canadiens avaient accès à la télévision.

Trois ans plus tard, le pays a eu droit à la première émission en direct d'un océan à l'autre. En 1973, la télévision canadienne a franchi une autre étape importante en offrant la télédiffusion en direct dans le Nord du pays grâce au satellite Anik A1.

DES SATELLITES EN ORBITE
Repousser les frontières de la communication

TÉLÉSAT CANADA A LANCÉ LE SATELLITE ANIK LE 9 NOVEMBRE 1972. LE CANADA EST DEVENU LE PREMIER PAYS À AVOIR SON PROPRE SATELLITE DE TÉLÉCOMMUNICATIONS.

Appel à tous les Canadiens

Le satellite Anik a amélioré les communications téléphoniques et la transmission télévisuelle dans tout le pays. Il était doté d'un faisceau qui balayait le Canada de la côte de l'Atlantique à celle du Pacifique, et de la frontière américaine jusqu'au-delà du cercle arctique. En 1976, le Canada avait déjà lancé deux autres satellites Anik; en cas de défaillance du satellite en place, un autre pourrait prendre la relève et assurer un service continu aux utilisateurs.

Les satellites Anik prenaient la forme d'un large tube, ou cylindre. Ce tube pivotait autour de son axe, ce qui assurait la stabilité du satellite. L'antenne ressemblait à un large bol peu profond et était toujours dirigée vers le Canada. Des cellules solaires sur le cylindre fournissaient l'électricité.

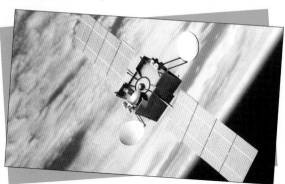

Un air de famille

Le satellite lancé en 1972 a été baptisé Anik A1, car il était le premier d'une longue série de satellites portant ce nom. Anik A1 a été mis hors service en 1982. Lors de son lancement le 21 novembre 2000, Anik F1 était le plus puissant satellite de communication jamais construit. Au moins cinq satellites Anik sont toujours en fonction, alors qu'une dizaine d'autres ont été mis hors service.

Télésat Canada a organisé un concours pour nommer le premier satellite. Le mot « Anik » a été retenu, car il signifie « petit frère » en inuktitut, et symbolisait le rapprochement de tous les Canadiens et l'éveil d'un sentiment de fraternité nationale.

OBJETS VOLANTS NON IDENTIFIÉS
Bienvenue aux extraterrestres

C'EST AU CANADA QUE L'ON RETROUVE LA PREMIÈRE (ET JUSQU'À PRÉSENT LA SEULE) AIRE D'ATTERRISSAGE POUR OVNIS. EN 1967, LA VILLE DE ST. PAUL, EN ALBERTA, A AMÉNAGÉ UN ENDROIT POUR PERMETTRE AUX VISITEURS EXTRATERRESTRES DE SE POSER SUR LA TERRE.

Conduisez-moi à votre chef!

À St. Paul, près de la frontière de la Saskatchewan, un centre d'information sur les OVNI présente une exposition sur le sujet, et offre une ligne téléphonique pour rapporter les observations d'OVNI. Grâce à cette attraction peu commune, St. Paul a été l'hôte de conférences sur les OVNI qui ont attiré des gens de partout dans le monde. L'aire d'atterrissage a même reçu une visite royale : la reine Élizabeth II s'y est arrêtée en 1978.

On attend toujours...

L'aire d'atterrissage a été construite en 1967 pour marquer le centenaire du Canada. À cette époque, les voyages dans l'espace suscitaient l'enthousiasme de la population; deux ans plus tard, les astronautes allaient marcher sur la Lune. C'était une excellente occasion de célébrer le pays en se réjouissant de ce qui viendrait au cours des cent années suivantes. Jusqu'à maintenant, aucun vaisseau extraterrestre ne s'est posé là-bas. Mais s'il y en a un qui arrive en vrombissant, le Canada sera prêt.

Stationnement gratuit

Le texte de la plaque installée devant l'aire d'atterrissage pour OVNI, se traduit ainsi : « La zone sous la première aire d'atterrissage pour OVNI au monde a été désignée internationale par la ville de St. Paul pour symboliser notre confiance de voir l'humanité maintenir le monde extérieur à l'abri des guerres et des conflits nationaux. Que les futurs voyages dans l'espace se déroulent en toute sécurité pour tous les êtres intergalactiques, et que tous les visiteurs venus de la Terre ou d'ailleurs soient les bienvenus sur ce territoire et dans la ville de St. Paul. »

NELVANA DES AURORES BORÉALES
Une superhéroïne 100% canadienne

ELLE LISAIT DANS LES PENSÉES, VOYAGEAIT À LA VITESSE DE LA LUMIÈRE SUR UN RAYON D'AURORE BORÉALE ET VEILLAIT À LA SÉCURITÉ DU CANADA DURANT LA SECONDE GUERRE MONDIALE.

Une justicière hors du commun

Pendant la Seconde Guerre mondiale, le gouvernement canadien a cessé d'importer des États-Unis des marchandises jugées non essentielles. Cette mesure avait pour but d'aider l'économie d'ici, mais au grand désespoir d'un bon nombre d'enfants, l'interdiction incluait les bandes dessinées. Les éditeurs canadiens sont intervenus en créant des centaines de personnages de bande dessinée pour combler le vide.

Nelvana était l'une des BD les plus populaires. Première superhéroïne en Amérique du Nord, Nelvana combattait les méchants et les espions nazis dans une BD publiée entre 1941 et 1947.

Une héroïne pour les jours sombres

Luttant contre le crime dans le nord du Canada, Nelvana avait le pouvoir de devenir invisible et avait un super souffle. Grâce à l'énergie des aurores boréales, elle interceptait les signaux électroniques et produisait des explosions d'énergie. Nelvana était assistée de son père, un dieu inuit nommé Koliak le puissant, et de son frère, Tanero. Pendant les jours sombres de la Seconde Guerre mondiale, quand il semblait parfois que les forces de l'Axe allaient gagner, Nelvana remontait le moral des Canadiens.

Le créateur de Nelvana, Adrian Dingle, s'est inspiré de contes inuits pour imaginer ses aventures.

VRAIMENT?

Le premier des grands superhéros de BD, Superman, a également été créé par un Canadien. Joe Shuster a commencé à dessiner l'homme d'acier alors qu'il n'avait que 17 ans. L'identité secrète de Superman était Clark Kent, un personnage que Shuster a calqué sur lui-même. La ville natale de Superman, Métropolis, était basée sur Toronto, la ville d'origine de l'auteur.

Qu'est-ce qui se cache derrière un nom? Beaucoup de choses! Découvre le comment et le pourquoi de noms étranges et intrigants comme le col Kicking Horse (le cheval-qui-rue), le précipice à bisons Head-Smashed-In, les cheminées de fée et le mont Royal.

CHAPITRE 5

LE CANADA : DES PAYSAGES MAJESTUEUX

L'origine des noms de lieux particuliers

LES MONTAGNES ROCHEUSES
Rocheuses, vraiment?

LES ROCHEUSES SONT MAJESTUEUSES, MAGNIFIQUES ET ROCHEUSES, EN EFFET. CETTE CHAÎNE DE MONTAGNES AUX CONTOURS DÉCHIQUETÉS ATTIRE LES ALPINISTES, LES RANDONNEURS ET LES AMOUREUX DE LA NATURE, SANS OUBLIER LA FAUNE QUI EN A FAIT SON HABITAT.

Enlevant!

Le Canada contre les États-Unis

Les Rocheuses canadiennes s'étendent de l'extrémité nord de la Colombie-Britannique jusqu'à la frontière américaine, entre l'Alberta et la Colombie-Britannique. La chaîne continue vers le sud et traverse les États-Unis. Voici quatre différences entre les Rocheuses canadiennes et américaines :

On trouve cinq parcs nationaux spectaculaires dans les Rocheuses canadiennes : Banff, Jasper, Kootenay, Yoho et le parc des Lacs-Waterton. Tous font partie du patrimoine mondial de l'UNESCO.

1. Les Rocheuses canadiennes sont plus escarpées et plus pointues, avec de larges vallées glaciaires. Les Rocheuses américaines sont plus arrondies.

2. Les Rocheuses canadiennes sont plus fraîches et pluvieuses et ont un sol plus humide.

3. La majeure partie des Rocheuses canadiennes est faite de roches sédimentaires (stratifiées et compactées), de schiste et de calcaire. En revanche, la majeure partie des Rocheuses américaines est composée de roches ignées (formées lorsqu'un liquide en fusion, de la lave par exemple, refroidit et se solidifie) et métamorphiques (dont la structure est modifiée par la chaleur ou la pression sans que la roche passe par un état liquide).

4. La limite des arbres est plus basse dans les Rocheuses canadiennes.

LE COL DU CHEVAL-QUI-RUE
Une ruade mémorable

QUEL EST LE RAPPORT ENTRE UN CHEVAL QUI RUE ET LA CONSTRUCTION DU CHEMIN DE FER DU CANADIEN PACIFIQUE?

Une promesse

Tout a commencé par une promesse : le premier ministre John A. Macdonald a promis de construire un chemin de fer reliant la Colombie-Britannique au reste du Canada au plus tard en 1881, dix ans après l'adhésion de cette province à la Confédération. Qu'est-ce qui se dressait sur son chemin? Des montagnes!

Macdonald a engagé l'ingénieur Walter Moberly pour identifier le meilleur passage. Walter Moberly a opté pour celui qui serpentait dans les montagnes et passait par le col Kicking Horse (Cheval-qui-rue). Ce passage avait l'avantage de traverser les prairies, de raccourcir la portion ouest du trajet et de faciliter le commerce et le transport vers les États-Unis. Il contournait les Rocheuses accidentées, mais allait droit sur les quasi infranchissables monts Selkirk.

Mais pourquoi ce nom?

Alors qu'il cherchait un passage dans les monts Selkirk, le docteur James Hector, chirurgien, qui prenait part à l'expédition Palliser (1857-1860), a reçu une ruade de son cheval. Le nom est resté.

Le cheval t'a lancé une ruade?

Oui.

VRAIMENT?

Abrupt et dangereux, le col du Cheval-qui-rue a causé tellement d'accidents qu'en 1909, le CP a construit un trajet alternatif qu'on a appelé les tunnels en spirale. Grâce à eux, les locomotives pouvaient tirer plus facilement les voitures-restaurants et les voitures-lits à travers la montagne.

LE PRÉCIPICE À BISONS HEAD-SMASHED-IN
Un saut fatal

CE SITE CÉLÈBRE EST SITUÉ À FORT MACLEOD, EN ALBERTA, LÀ OÙ LES CONTREFORTS DES ROCHEUSES ET LES GRANDES PLAINES SE RENCONTRENT.

La chasse au bison

Il y a environ 5 000 ans, les peuples autochtones chassaient le bison pour se nourrir, se vêtir et s'abriter, et ce, sans utiliser la moindre arme. Ils conduisaient les troupeaux de bisons jusqu'aux falaises, à l'endroit aujourd'hui appelé le précipice à bisons Head-Smashed-In.

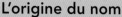

Avant la chasse, on tenait une cérémonie dans l'espoir d'amener l'animal à s'abandonner à l'humain.

Puis les coureurs de bisons, déguisés de peaux d'animaux, se dispersaient pour localiser le troupeau. Ensuite, ils rassemblaient les bêtes et les entraînaient vers les falaises. Certains chasseurs aménageaient des voies en forme de V bordées de monticules de pierres pour mieux diriger les bisons vers la seule issue possible. D'autres se cachaient dans les broussailles, criant et agitant des peaux de bison pour que le troupeau continue d'avancer. Lorsque les bisons atteignaient le bord de la falaise, les chasseurs se précipitaient vers eux, et les bisons tombaient dans le précipice. Une fois la chasse terminée, chaque partie du bison était utilisée, pour la viande et pour faire des outils et des abris.

L'origine du nom

D'après la légende, un jeune chasseur Pied-Noir se trouvait dans une crevasse de la falaise. Il a été emporté avec les bisons lorsque ceux-ci sont tombés. Comme le nom de l'endroit l'indique, il aurait eu le crâne fracassé…

VRAIMENT?

Le précipice à bisons a été abandonné pendant plus de 1 000 ans. Personne ne sait pourquoi, mais l'activité y a repris il y a environ 1 800 ans. La plupart des artéfacts retrouvés datent de cette période. Puis l'utilisation des chevaux et des fusils a transformé la chasse et le précipice a de nouveau été déserté.

LES CHEMINÉES DE FÉE
De drôles de formations rocheuses

LA TAILLE DES CHEMINÉES DE FÉE VARIE BEAUCOUP, ALLANT DE QUELQUES CENTIMÈTRES À PLUSIEURS MÈTRES DE HAUT. IL S'AGIT DE COLONNES DE GRÈS REPOSANT SUR UNE BASE DE SCHISTE.

Qu'est-ce que c'est?

Les cheminées de fée sont des rochers sculptés par le gel, la pluie, le vent, l'érosion et le temps. Le terme « hoodoo » que l'on utilise parfois pour les désigner vient probablement du mot « vaudou », une religion originaire de l'Afrique de l'Ouest basée sur la magie. D'ailleurs, ces formes étranges, qui semblent venues d'une autre planète, ont bel et bien quelque chose de magique.

Les cheminées de fée mettent des millions d'années à acquérir leurs formes extraordinaires.

Où les trouve-t-on?

Les cheminées de fée parsèment les Badlands de l'Alberta et attirent des milliers de visiteurs intrigués par leurs formes bizarres rappelant celle d'un champignon. On peut en voir aux parcs provinciaux Dinosaur et Writing-on-Stone, où coule la rivière Milk. Mais il ne faut pas sauter sur les cheminées de fée, car elles sont fragiles.

L'art hoodoo

Non seulement le parc provincial Writing-on-Stone présente un nombre impressionnant de hoodoos, mais il est aussi un site spirituel important des Pieds-Noirs. Le parc compte de nombreuses cheminées de fée sur lesquelles sont gravées des images. Appelées pétroglyphes, elles ont été incisées à l'aide de ramures ou d'os. Les peintures sur roc, ou pictogrammes, ont été réalisées à l'aide d'un morceau de roche ferrugineuse ou de minerai de fer broyé auquel on ajoutait de l'eau. Certaines de ces images remontent à des milliers d'années, alors que d'autres ont été gravées il y a moins de 300 ans.

LES GRANDS LACS
Ils portent bien leur nom

LES CINQ GRANDS LACS SONT DES ARTÈRES DE TRANSPORT MAJEURES ET FORMENT LE GROUPE DE LACS D'EAU DOUCE LE PLUS ÉTENDU AU MONDE.

Au commencement

Lors de la dernière glaciation, il y a environ 10 000 ans, c'est le retrait des nappes glaciaires qui a formé les Grands Lacs. Les peuples autochtones ont été les premiers à s'installer sur leurs rives, suivis des Européens dans les années 1700. La région entourant les lacs était propice à l'agriculture et les lacs eux-mêmes constituaient des routes de transport pour le commerce.

Aujourd'hui, la région autour des lacs Érié et Ontario est toujours densément peuplée. L'extrémité ouest du lac Ontario est surnommée le « Golden Horseshoe » en raison de sa forte population et de ses industries.

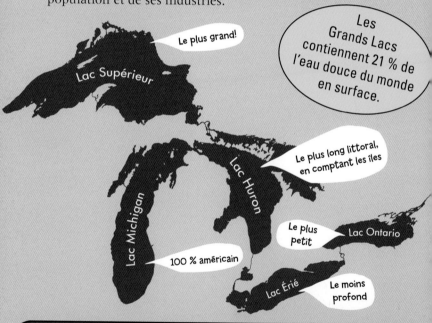

Les Grands Lacs contiennent 21 % de l'eau douce du monde en surface.

Le plus grand!

Lac Supérieur

Le plus long littoral, en comptant les îles

Lac Huron

Lac Michigan

Le plus petit

Lac Ontario

100 % américain

Le moins profond

Lac Érié

VRAIMENT?

Au cours du siècle dernier, des produits chimiques provenant des fermes environnantes ont contaminé les Grands Lacs. Des créatures marines telles que la moule zébrée, la lamproie et la grémille, qui étaient arrivées accrochées aux coques des navires et des pétroliers ou qui étaient entrées par le canal Welland, ont également envahi les lacs. Ces espèces nuisent aux poissons et font augmenter la quantité d'algues toxiques.

LES MILLE-ÎLES
Et on compte toujours...

ON LES APPELLE LES MILLE-ÎLES, MAIS IL EXISTE EN FAIT 1 865 ÎLES RÉPARTIES ENTRE LE CANADA ET LES ÉTATS-UNIS.

Pourquoi tant de petites îles?

Il y a des milliers d'années, dans le lac Ontario et le fleuve Saint-Laurent, la fonte des glaciers et les inondations ont transformé le sommet des montagnes en îles. Les plantes et les animaux ont migré sur ces îlots, attirés par le climat tempéré et le paysage rocheux et escarpé. La taille et la forme des îles, constituées en majorité de granit, varient énormément.

La circulation autour des îles

Il y a tant de rochers et de bancs de sable dans les Mille-Îles qu'il faut avoir non seulement un bateau pour y accéder, mais aussi de l'expérience pour y naviguer. Autrefois, les eaux troubles de la région rendaient cette tâche difficile, mais depuis que les moules zébrées (habituellement nuisibles, mais utiles dans ce cas) sont arrivées, elles ont mangé les algues et clarifié l'eau. Il est aussi possible de traverser du Canada aux États-Unis (ou vice versa) par le pont des Mille-Îles.

L'UNESCO a désigné l'Arche de Frontenac dans les Mille-Îles, réserve mondiale de la biosphère. Environ 20 îles forment le parc national du Canada des Mille-Îles.

COMMENT SE QUALIFIER?

Pour faire partie des Mille-Îles, une île doit :

1. Être au-dessus du niveau de l'eau durant toute l'année.

2. Couvrir une superficie plus grande que 0,093 mètre carré.

3. Avoir au moins un arbre vivant.

TROIS-RIVIÈRES
Un recomptage s.v.p.!

À MI-CHEMIN ENTRE MONTRÉAL ET QUÉBEC SE TROUVE UNE VILLE NOMMÉE TROIS-RIVIÈRES. ET POURTANT...

Un, deux... quoi?

Combien de rivières se rejoignent à Trois-Rivières?

En fait, seulement deux. Le « trois » fait référence aux trois embouchures, ou chenaux, de la rivière Saint-Maurice.

> « Cette petite colonie était devenue le lieu de rencontre des esprits hardis qui avaient la bougeotte, les coureurs des bois. Québec était le port... Trois-Rivières était le point de départ de l'exploration. »
> — Thomas Costain, auteur

Qui y habitait?

Pendant des siècles, les Algonquins et les Abénakis ont habité cette région durant l'été. L'explorateur français Jacques Cartier y a débarqué en 1536, et un autre explorateur, le capitaine Dupont-Gravé, a nommé l'endroit « Trois-Rivières » en 1599.

En 1634, une colonie s'y est établie, la deuxième en Nouvelle-France après Québec. Elle est devenue un siège de gouvernement et un centre de commerce florissant. En 1776, lors de la bataille de Trois-Rivières, les Américains ont tenté une invasion qui a échoué.

Ravagée par le feu et reconstruite

En 1908, un jeune garçon a gratté une allumette dans un hangar sombre afin de retrouver sa balle. Un vent fort et sec a attisé le feu qui s'est vite répandu. La majeure partie de la ville actuelle a été reconstruite à la suite de cet incendie dévastateur.

LE MONT ROYAL
Le cœur et le terrain de jeu de la ville

ON TROUVE UNE BELLE ET GRANDE COLLINE DANS LA VILLE DE MONTRÉAL : LE MONT ROYAL. IL FAIT PARTIE DES 10 COLLINES MONTÉRÉGIENNES DE LA RÉGION.

Un grand moment

L'explorateur Jacques Cartier, le premier Européen à le gravir, lui a donné son nom en 1535.

Un lieu de rassemblement

Dans les années 1860, une énorme controverse a éclaté lorsque des gens ont commencé à abattre des arbres sur le mont Royal pour en faire du bois de chauffage. La ville de Montréal a alors engagé l'architecte paysagiste de Central Park à New York, Frederick Law Olmsted, pour aménager une partie du mont Royal et en faire un parc urbain. Même si on n'a pu donner suite à plusieurs de ses suggestions, Montréal ayant subi une dépression au milieu des années 1870, un parc a été créé.

En 1998, de nombreux vieux arbres du parc ont été endommagés lors d'une tempête de verglas. La plupart ont récupéré depuis et, en 2005, le gouvernement du Québec et la ville de Montréal ont garanti une protection permanente au parc, reconnaissant son rôle unique dans la vie de la métropole.

VRAIMENT?

En 1992, une capsule-témoin a été placée sur le mont Royal à l'occasion du 350e anniversaire de Montréal. La capsule contient des messages et des dessins d'enfants exprimant leur vision de la ville de 2142. Elle sera ouverte en 2142.

LES POTS DE FLEURS
Sculptés par l'eau, la glace et le temps

LES CÉLÈBRES ROCHERS DE HOPEWELL ROCKS, DANS LA BAIE DE FUNDY AU NOUVEAU-BRUNSWICK, SONT SURNOMMÉS LES POTS DE FLEURS.

Comment se sont-ils formés?

Il y a des millions d'années, des montagnes se dressaient dans cette région. Au fil du temps, elles se sont érodées et se sont transformées en boue, en galets et en roches qui ont été transportés dans les vallées. Ces sédiments ont fini par être compressés en une masse rocheuse qui, après l'âge glaciaire, a formé la baie de Fundy. La glace, la pluie et les marées continuent de façonner les rochers, leur donnant les formes étranges et merveilleuses que l'on peut admirer aujourd'hui. À marée basse, les visiteurs adorent explorer ces rochers géants à pied; à marée haute, ils le font en kayak.

Contes et légendes

Les Micmacs, qui vivent dans cette région depuis des siècles, ont transmis des histoires à propos de la formation de ces drôles de rochers. L'une d'elles raconte que de pauvres Micmacs ont été faits prisonniers dans la baie par des baleines en colère. Lorsqu'ils ont tenté de fuir, les baleines les ont changés en pierre.

En constante évolution

Ce ne sont pas tous les rochers qui ressemblent à des pots de fleurs. Certains évoquent des personnes ou des créatures particulières, d'où leurs surnoms : E.T., le dinosaure et la belle-mère. Leurs formes sont en perpétuelle transformation. L'érosion les ronge constamment, les modelant et les remodelant sans fin.

LE ROCHER
Une province escarpée!

TERRE-NEUVE EST UNE GRANDE ÎLE ROCHEUSE. ELLE SE CLASSE AU 16^E RANG DES PLUS GRANDES ÎLES AU MONDE ET AU 4^E RANG AU CANADA.

Qui a débarqué sur le Rocher?

Puisqu'il s'agit du point de l'Amérique du Nord le plus proche de l'Europe, ce n'est pas étonnant que les Vikings scandinaves, menés par l'intrépide Leif Erickson, aient débarqué là. En 1962, des preuves de l'existence d'un village viking ont été découvertes à l'Anse aux Meadows, sur la péninsule nord de Terre-Neuve.

Les Vikings sont probablement entrés en contact avec les Béothuks, qui habitaient déjà la région. En 1497, l'explorateur Jacques Cartier a navigué jusque-là, et en 1583, Sir Humphrey Gilbert a proclamé Terre-Neuve première colonie britannique en Amérique du Nord. De nombreux autres Européens sont arrivés aux 18e et 19e siècles, attirés par l'abondance de morue et d'autres poissons. Malheureusement, la surpêche a eu raison de l'industrie de la morue, qui s'est effondrée pendant la seconde moitié du 20e siècle.

Les rochers de Terre-Neuve sont parmi les plus vieux et les plus inusités du monde. Des géologues viennent de partout pour les étudier.

VRAIMENT?

Plusieurs villages de Terre-Neuve portent des noms uniques et pittoresques : Heart's Content, Come by Chance, Witless Bay et Main Tickle. Sans oublier « Mistaken Point Ecological Reserve », qui n'est pas une erreur en fait, mais un endroit où l'on trouve des fossiles de créatures parmi les plus vieilles de la planète, certains datant de 565 millions d'années.

Les sports, la médecine, le divertissement, et même l'heure qu'il est : depuis des siècles, le Canada les a tous transformés. Voici dix exploits canadiens qui ont rendu le monde meilleur.

CHAPITRE 6

ÇA S'EST PASSÉ AU CANADA!

Transformer les gens, les endroits et les idées

LA DÉCOUVERTE DE L'INSULINE
Un miracle de la médecine

PENDANT DES CENTAINES D'ANNÉE LE DIABÈTE ÉTAIT SYNONYME DE CONDAMNATION À MORT. GÉNÉRALEMENT, LES GENS ATTEINTS DE CETTE MALADIE AVAIENT TELLEMENT DE MAL À DIGÉRER D'IMPORTANTS NUTRIMENTS QU'ILS EN MOURAIENT.

Combattre la maladie

Adolescent, Frederick Banting a perdu un ami à cause du diabète. Alors, une fois devenu médecin à l'université de Toronto, il a décidé d'étudier cette maladie. En effectuant des tests sur des chiens diabétiques, Frederick Banting (à droite) et les chercheurs Charles Best (à gauche) et James Collip ont découvert l'insuline en 1921. Celle-ci gardait les chiens en vie, mais qu'en serait-il des humains? La première personne diabétique à avoir reçu de l'insuline en 1922 était un garçon de 14 ans, et ce fut un succès!

Une deuxième chance

Au début des années 1920, les enfants diabétiques étaient gardés à l'hôpital et pouvaient être jusqu'à 50 par dortoir. La plupart étaient malades au point d'être dans le coma. Imagine comment leurs familles se sentaient en voyant les trois hommes circuler de lit en lit pour injecter de l'insuline aux enfants mourants.

Avant même que les chercheurs aient donné l'injection au dernier enfant, les premiers sortaient déjà du coma. On aurait pu croire au miracle. L'insuline ne guérit pas le diabète, mais elle permet de maîtriser la maladie et continue de sauver des millions de vies partout dans le monde.

Lesquelles de ces découvertes et inventions médicales sont canadiennes?

A • Le cœur artificiel humain

B • La découverte du gène de la fibrose kystique (maladie qui atteint les poumons et d'autres organes)

C • Un appareil d'analyse d'échantillons sanguins ultrarapide (utilisé même par les astronautes dans l'espace)

D • Le stimulateur cardiaque (permet de régulariser les battements du cœur)

Réponse : Elles sont toutes canadiennes!

LE SYSTÈME MONDIAL DES FUSEAUX HORAIRES
Juste à temps!

LA NUIT BLANCHE QUE SANDFORD FLEMING A DÛ PASSER À LA GARE, APRÈS AVOIR MANQUÉ SON TRAIN À CAUSE D'UN HORAIRE QUI PRÊTAIT À CONFUSION, EST À L'ORIGINE D'UNE INVENTION QUI A CHANGÉ LE MONDE.

Quelle heure est-il?

Au milieu des années 1800, l'Amérique du Nord comptait 144 fuseaux horaires officiels! Chaque municipalité avait sa propre heure basée sur la position du Soleil, et les fuseaux avançaient d'une minute par 18 kilomètres en allant vers l'est. Il était presque impossible de s'y retrouver.

Ça ne représentait pas un gros problème tant qu'une distance de 18 kilomètres était considérée comme un long voyage. Mais lorsqu'on a construit le chemin de fer transcontinental et que les gens ont commencé à se déplacer plus vite et plus loin, les choses se sont compliquées! De nombreux passagers portaient alors plus d'une montre. Non seulement les gens rataient leur correspondance, mais parfois les trains se retrouvaient sur la même voie, filant droit l'un vers l'autre!

Mieux vaut tard que jamais

En 1879, Sandford Fleming a proposé un système mondial de 24 fuseaux horaires, chacun ayant une heure de différence avec l'autre. Au début, l'idée a été rejetée. Mais il n'a pas abandonné la partie et a fini par convaincre les scientifiques et les hommes d'affaires. On a commencé à utiliser l'heure normale partout dans le monde le 1er janvier 1885. Aujourd'hui, le Canada compte six fuseaux horaires.

VRAIMENT?

Non seulement Sandford Fleming a supervisé la construction du chemin de fer transcontinental canadien au début des années 1880, mais il a également dessiné le premier timbre canadien. Émis en 1851, le timbre appelé le « Castor de trois pence » pourrait valoir des centaines de dollars aujourd'hui!

LE REFUS DE VIOLA DESMOND
Combattre la ségrégation raciale

LE 8 NOVEMBRE 1946, VIOLA DESMOND, UNE COIFFEUSE ET FEMME D'AFFAIRES DE RACE NOIRE, SE RENDAIT À UNE RÉUNION LORSQUE SA VOITURE EST TOMBÉE EN PANNE À NEW GLASGOW, EN NOUVELLE-ÉCOSSE. ELLE ÉTAIT LOIN DE SE DOUTER QUE CETTE JOURNÉE ALLAIT PASSER À LA POSTÉRITÉ.

C'en est assez!

Après avoir appris qu'elle devrait attendre que sa voiture soit réparée, Viola a acheté un billet de cinéma et s'est assise au parterre. Le gérant est intervenu rapidement pour l'obliger à changer de place. Pensant qu'on lui avait vendu un billet au balcon, Viola a demandé à acheter un billet au parterre, mais on a refusé de lui en vendre un; seuls les Blancs pouvaient occuper les meilleurs sièges du cinéma.

Viola a refusé de changer de place. Elle en avait assez de la discrimination raciale.

Des excuses qui ont tardé à venir

Un policier l'a fait sortir de force et l'a emmenée en prison. Elle a dû y passer la nuit, accusée de tentative de fraude contre le gouvernement provincial de la Nouvelle-Écosse. Tout ça parce que la taxe sur le billet au balcon qu'on lui avait vendu était un cent de moins que la taxe sur un billet au parterre. Personne n'a mentionné la couleur de sa peau, mais tous savaient que c'était la véritable raison de son arrestation.

Cette affaire est devenue l'un des incidents de ségrégation raciale dont on a le plus parlé au Canada. Viola Desmond est décédée en 1965, mais en 2010, elle a finalement reçu des excuses posthumes pour son arrestation injustifiée. En 2012, Postes Canada a émis un timbre pour honorer sa mémoire.

« Ce qui est arrivé à ma sœur fait partie de notre histoire… Nous devons apprendre de l'histoire afin de ne pas répéter nos erreurs. Si mes parents étaient ici aujourd'hui, ça leur ferait chaud au cœur de voir qu'on considère Viola comme une véritable héroïne canadienne. »
— Wanda Robson, sœur de Viola Desmond, 15 avril 2010

LE TOURNEVIS ROBERTSON
Une invention ingénieuse

PETER L. ROBERTSON FAISAIT LA DÉMONSTRATION D'UN TOURNEVIS DANS UNE FOIRE COMMERCIALE LORSQUE L'OUTIL LUI A ÉCHAPPÉ, LE COUPANT À LA MAIN. HEUREUSEMENT, ROBERTSON N'ÉTAIT PAS SEULEMENT VENDEUR, MAIS AUSSI INVENTEUR. ET IL A LAISSÉ SA MARQUE DANS L'HISTOIRE DE LA CONSTRUCTION.

Une question de sécurité

Peter Robertson avait remarqué qu'un grand nombre de travailleurs se blessaient en se servant des tournevis. Il a décidé d'en fabriquer un qui ne glisserait pas pendant l'utilisation. Il a donc inventé une vis à tête carrée, et un tournevis dont l'embout à tête carrée s'ajustait parfaitement à la tête de la vis.

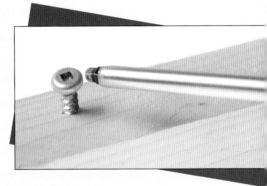

VRAIMENT?

Voici une autre invention canadienne qui a changé le monde : en 1930, John D. Millar a eu l'idée de peindre des lignes sur la chaussée pour rendre la circulation automobile plus sécuritaire. En 1933, cette innovation déjà répandue en Ontario et au Québec s'est étendue au reste de l'Amérique du Nord.

Et rapide, en plus!

Le tournevis à pointe Robertson a connu beaucoup de succès partout dans le monde, et c'est encore le cas aujourd'hui. La pointe du tournevis et la tête carrée creuse sont toutes deux de forme conique, ce qui rend le tournevis plus facile à insérer. De plus, cette caractéristique aide à maintenir la vis en place au bout du tournevis, de sorte que l'utilisateur n'a pas à la tenir. Le tournevis Peter Robertson peut donc être utilisé d'une seule main. L'invention de Peter Robertson a permis d'accélérer le rythme de travail tout en réduisant la frustration.

Le Canadien Norman Breakey a fait gagner du temps aux peintres en inventant le rouleau à peinture en 1940.

LE JEU DE NAISMITH
Une invention qui a fait fureur

LE CANADA ET LES ÉTATS-UNIS REVENDIQUENT TOUS DEUX CETTE INVENTION, MAIS LE POPULAIRE SPORT QU'EST LE BASKETBALL A ÉTÉ INVENTÉ PAR UN CANADIEN QUI HABITAIT AUX ÉTATS-UNIS.

Dans le mille

En décembre 1891, le Canadien James Naismith enseignait dans un collège de Springfield, dans le Massachusetts. Il cherchait un sport d'intérieur, énergétique mais pas trop rude, que les élèves pourraient pratiquer pendant l'hiver. Il leur a fait essayer le football, la crosse et le soccer, mais sans trop de succès. C'est alors que Naismith a eu l'idée d'utiliser un gros ballon que les joueurs devaient lancer dans des paniers de pêches cloués haut sur les murs aux deux extrémités du gymnase.

Naismith a rédigé des règles, prévoyant des pénalités pour rudesse, et a décrété que les joueurs ne pouvaient pas courir avec le ballon, mais devaient le passer. Le jeu a connu un vif succès malgré un problème : chaque fois qu'un panier était marqué, le concierge devait grimper pour aller récupérer le ballon. Peu de temps après, quelqu'un a eu la bonne idée de couper le fond des paniers.

VRAIMENT?

La nage synchronisée a aussi été inventée par une Canadienne, Peg Seller, dans les années 1920. De plus, c'est à Toronto en 1909 qu'on a joué pour la première fois au jeu de cinq quilles. En effet, des gens se sont plaints à Thomas F. Ryan, propriétaire d'une salle de quilles, de la lourdeur des boules et des quilles dans la version originale du jeu à dix quilles. Il a alors inventé le jeu à cinq quilles.

Drôle de nom!

Certains élèves voulaient appeler le nouveau sport « Naismithball ». Mais Naismith préférait « basketball ». Au départ, il avait demandé qu'on lui apporte des boîtes (box), et non des paniers (basket), pour son nouveau jeu. Imagine… Aujourd'hui, des millions de personnes joueraient au « boxball »!

Steve Nash s'est vu décerner le titre de joueur par excellence de la *National Basketball Association* en 2005 et 2006. Il est le seul Canadien à avoir remporté cet honneur.

L'ANIMAL QUI A CHANGÉ L'HISTOIRE
Mon chapeau vous plaît?

LE CASTOR A EU UNE PLUS GRANDE INFLUENCE SUR L'HISTOIRE ET L'EXPLORATION DU CANADA QUE TOUT AUTRE ANIMAL OU PLANTE. PAS ÉTONNANT QU'IL SOIT DEVENU UN SYMBOLE DU CANADA.

Une fourrure prisée

S'il n'y avait pas eu de castors, les pays d'Europe n'auraient probablement pas exploré le Canada et ne se seraient pas disputé son territoire. Les peaux de castor étaient les fourrures les plus prisées dans les années 1600, et les plus belles venaient du Canada. On en faisait des chapeaux, symboles de richesse à cette époque.

Pas facile d'être une icône de la mode.

Imperméable, en plus!

Le castor est fait pour vivre sous l'eau. Même après avoir été submergé pendant six ou sept minutes, le castor n'est pas trempé jusqu'aux os. Il sécrète une huile à l'épreuve de l'eau qui se répand sur son épais pelage.

Le castor construit des barrages et des huttes, ce qui en fait l'un des seuls mammifères, à part l'humain, à aménager son propre environnement. Les barrages transforment les ruisseaux en étangs et en marécages, et plusieurs animaux en bénéficient.

Démodé, heureusement

Au début du commerce de la fourrure, les experts estiment qu'il y avait six millions de castors sur le territoire qui allait devenir le Canada. Au plus fort de cette période, environ 200 000 peaux étaient expédiées en Europe chaque année. Lorsque la mode a changé au milieu des années 1800, le castor était très près de l'extinction. Lentement, la population de castors s'est reconstituée, à mesure que les Canadiens ont compris l'importance de cet animal.

VRAIMENT?

Le plus grand barrage de castor au monde est visible de l'espace! Il est situé dans le parc national du Canada Wood Buffalo, en Alberta, et mesure environ 850 mètres de long!

À VOS LIVRES!
Une vitrine sur le Canada

C'EST AMUSANT DE RETROUVER L'ENDROIT OÙ L'ON VIT DANS LES PAGES D'UN LIVRE. LES AUTEURS CANADIENS ONT FAIT RAYONNER LE CANADA DE BIEN DES FAÇONS AU FIL DES ANS.

Une jeune ambassadrice

Difficile de croire qu'une si jeune rouquine ait tant marqué le Canada… et le monde, surtout qu'elle n'a jamais existé! Lorsque l'auteure Lucy Maud Montgomery a créé le personnage d'Anne, une fillette aux longues tresses rousses devenue célèbre dans le monde entier, elle a du même coup présenté sa province, l'Île-du-Prince-Édouard, à des lecteurs partout dans le monde.

Son roman *Anne, la maison aux pignons verts*, a été écrit il y a plus de 100 ans, mais il trouve encore de nouveaux lecteurs aujourd'hui. Il a été publié en plus de 20 langues et a été vendu à des dizaines de millions d'exemplaires.

Un classique du hockey

Savais-tu qu'au départ, *Anne, la maison aux pignons verts*, n'avait pas été écrit pour les enfants? Il en va de même pour *Le chandail de hockey*, un autre livre jeunesse très populaire. Au départ, cette histoire de Roch Carrier était destinée aux adultes. Mais quelques années plus tard l'Office national du film en a fait un court-métrage primé. Puis cette histoire a aussi été publiée sous forme d'album.

Le chandail de hockey témoigne de la vie dans un petit village du Québec. En 2009, l'astronaute canadien Robert Thirsk a apporté le livre avec lui sur la Station spatiale internationale. Les premières lignes de l'histoire ont figuré pendant plusieurs années, en français et en anglais, au verso du billet de cinq dollars canadien.

VRAIMENT?

Alligator Pie, Benjamin et la nuit, Jacob Deux-Deux et le vampire masqué, L'incroyable voyage, La princesse dans un sac, voilà seulement quelques-uns des nombreux livres extraordinairement canadiens qui sont populaires auprès des enfants du monde entier. Et toi, quel est ton livre préféré d'un auteur canadien?

DES FILMS AU MAX
Les plus grands au monde

TOUT DANS LE SYSTÈME IMAX EST GIGANTESQUE. PRÉPARE TON MAÏS SOUFFLÉ ET DÉCOUVRE CE QU'IL FAUT SAVOIR SUR CETTE INVENTION CANADIENNE.

Plus grand que nature

En IMAX, le plus grand écran fait 30 mètres de haut, soit la hauteur d'un immeuble de huit étages. La pellicule est si grosse et lourde qu'il lui faut un gros projecteur : celui d'IMAX pèse autant qu'une petite voiture!

Le nom IMAX vient des mots « *Image MAXimum* ». Fondée par les Canadiens Graeme Ferguson, Robert Kerr, Roman Kroitor et William Shaw, la compagnie établie en Ontario a inventé le système cinématographique sur grand écran le plus apprécié au monde.

Une expérience unique

En plus des immenses écrans rectangulaires, il existe aussi des écrans IMAX en forme de dôme, qui englobent toute la salle. Appelés OMNIMAX ou IMAX Dome, ils sont assez grands pour remplir complètement le champ de vision, ce qui crée l'impression de faire partie de l'image, même de faire des mouvements. Les films IMAX peuvent nous emmener au fond de l'océan pour découvrir l'épave du *Titanic*, ou dans l'espace à bord d'une navette spatiale. On peut admirer l'environnement terrestre, assister à un concert ou faire un tour de montagnes russes, tout ça en 3D.

Même si IMAX a vu le jour au Canada, on compte aujourd'hui 738 salles IMAX dans 53 pays. La compagnie a remporté de nombreux prix pour son innovation en matière de production cinématographique.

VRAIMENT?

Les Canadiens ont contribué au monde du cinéma de bien d'autres façons. Avant 1917, les films étaient tous en noir et blanc; Herbert Kalmus, de Kingston en Ontario, a eu l'idée de tourner des films en couleurs. Par ailleurs, le premier documentaire au monde, *Nanook of the North*, a été tourné dans la baie d'Hudson de 1920 à 1921. Enfin, jusqu'en 1970, les dessins animés étaient créés par des artistes qui dessinaient tout à la main. Nestor Burtnyk, de Dauphin au Manitoba, a informatisé le procédé, le rendant beaucoup plus rapide et facile.

LE PASSAGE DU NORD-OUEST
Le sommet du monde

PENDANT DES CENTAINES D'ANNÉES, LE PASSAGE DU NORD-OUEST, UNE VOIE NAVIGABLE LE LONG DU LITTORAL NORD DU CANADA, SEMBLAIT ÊTRE UN RÊVE IMPOSSIBLE.

Un passage légendaire

Les premiers explorateurs européens croyaient que l'Amérique du Nord n'était qu'une petite île près du Japon et de la Chine. Lorsqu'ils ont réalisé à quel point le Canada était vaste, ils ont alors tenté de naviguer au Nord pour rejoindre l'Asie. C'est à ce moment que la recherche du passage du Nord-Ouest a commencé.

Plusieurs navires et leurs équipages ont péri en tentant de le découvrir. Un premier bateau a finalement réussi à franchir le passage, de 1903 à 1906. Il progressait durant les courts étés, puis devenait prisonnier des glaces durant les longs hivers. Ce n'est qu'en 1944 qu'un navire est parvenu à traverser le passage en une seule saison.

Le passage que tous convoitent encore

Aujourd'hui, le passage du Nord-Ouest est revenu dans l'actualité en raison de la vitesse à laquelle ses glaces fondent. Certains scientifiques croient que les glaces d'été dans le passage auront complètement disparu dès 2031. Les compagnies de navigation surveillent de près le passage du Nord-Ouest, car si elles peuvent y faire passer leurs navires, leurs itinéraires s'en trouveront raccourcis de deux semaines, ce qui représente une belle économie de temps et d'argent pour elles.

VRAIMENT?

La diminution des glaces dans le passage du Nord-Ouest permettra aux animaux de migrer en passant par l'océan Arctique. D'ailleurs, on a aperçu un type de baleine grise dans l'Atlantique, vue seulement dans le Pacifique depuis les années 1700. Les chercheurs ne savent pas encore quel en sera l'impact sur les océans et l'environnement.

ELIJAH HARPER EST DEVENU CÉLÈBRE DANS TOUT LE PAYS LORSQU'IL S'EST OPPOSÉ AU GOUVERNEMENT FÉDÉRAL ET A EXIGÉ QUE LA CONTRIBUTION, LES DROITS ET LES BESOINS DES PREMIÈRES NATIONS SOIENT RECONNUS.

Une force tranquille

Elijah Harper est né dans la Première Nation de Red Sucker Lake, au nord de Winnipeg. En 1981, il est devenu le premier autochtone à servir en tant que membre de l'Assemblée législative du Manitoba (ALM). En 1990, le premier ministre Brian Mulroney souhaitait que les gouvernements provinciaux acceptent d'apporter des changements à la Constitution canadienne (ensemble des règles et des lois qui s'appliquent à tous les Canadiens). La liste des changements a été créée lors de réunions tenues dans une maison située sur la rive du lac Meech, au Québec.

Toutes les assemblées législatives provinciales devaient appuyer l'accord du lac Meech pour que les changements soient adoptés. Au Manitoba, cela signifiait que tous les membres de l'ALM devaient l'approuver. Elijah Harper était mécontent que les Premières Nations n'aient pas été consultées ni reconnues. On a demandé huit fois à l'ALM d'accepter et chaque fois, Harper, inébranlable, a calmement répondu non. L'accord n'est pas passé.

> « Nous voulons faire partie de la société canadienne et contribuer au développement de ce pays. »
> — Elijah Harper

Rentrer chez lui

Bien des gens étaient furieux, incluant le premier ministre, mais Elijah Harper a continué à parler d'un ton posé, quoique défiant. Sa détermination a uni les peuples des Premières Nations et a changé leurs vies. Elijah Harper est devenu une célébrité; toutefois, ce n'est pas pour devenir célèbre qu'il est resté sur ses positions. « J'ai hâte de retourner sur les lignes de piégeage, a-t-il déclaré, et de regarder les étoiles le soir. »

Tout au long des débats au lac Meech, E. Harper a gardé dans sa main une plume d'aigle, symbole d'honneur et de force.

Le Canada est un grand pays, et ses édifices et autres structures sont à son image. Ponts, totems, canaux, certains sont les plus grands, d'autres les plus longs au monde. Ces constructions doivent résister à des chaleurs torrides, à des froids mordants, à des vents d'ouragan et plus encore. Découvre certains des plus importants projets de construction du Canada, et la façon dont ils unissent les Canadiens.

CHAPITRE 7

LE CANADA, UN GÉANT

Un pays qui voit grand

LE PLUS HAUT TOTEM AU MONDE
Pleins feux sur Alert Bay

SUR L'ÎLE CORMORANT, DU HAUT DE SES 56,4 MÈTRES (PLUS HAUT QU'UN ÉDIFICE DE 17 ÉTAGES) LE PLUS HAUT TOTEM AU MONDE DOMINE ALERT BAY EN COLOMBIE-BRITANNIQUE.

Que raconte-t-il?

Le mot « totem » vient d'un terme de la Première Nation algonquine qui signifie « clan » ou « famille ». Symboles d'appartenance et d'identité, les totems représentent l'histoire d'une famille ou d'une tribu, et commémorent aussi les ancêtres. Certains décrivent des légendes populaires ou racontent des événements marquants.

VRAIMENT?
C'est à Medicine Hat, en Alberta, que se trouve le plus grand tipi du monde. Il est aussi haut qu'un immeuble de 20 étages!

Regarde tout en haut!

Comme la plupart des totems de la Colombie-Britannique, le plus haut totem au monde a été sculpté dans du cèdre rouge; il se compose en fait de trois troncs empilés les uns sur les autres. Il a été sculpté par six artistes de la Première Nation des Kwakwaka'wakw. Au sommet trône un soleil dont les rayons irradient; plus bas, on peut voir une baleine, un loup, un oiseau de tonnerre (créature surnaturelle), un ours, etc. Les animaux représentent les familles et les tribus.

Le totem est peint en noir, blanc, rouge, vert et jaune. Le noir représente la puissance. Le blanc symbolise le ciel et la paix tandis que le rouge incarne la guerre et le sang. Le vert correspond aux collines et aux arbres, et le jaune, au soleil et au bonheur.

La tour du CN à Toronto est la plus haute structure au Canada. En 1995, elle a été désignée l'une des sept merveilles du monde moderne.

L'AUTOROUTE TRANSCANADIENNE
Un petit tour d'auto?

ELLE S'ÉTEND DE ST. JOHN'S, À TERRE-NEUVE, JUSQU'À VICTORIA, EN COLOMBIE-BRITANNIQUE. AVEC SES 7 821 KILOMÈTRES, ELLE EST LA PLUS LONGUE ROUTE NATIONALE AU MONDE.

D'un océan à l'autre

En 1910, les Canadiens ont commencé à réclamer une autoroute qui traverserait le pays. Pourtant, ce n'est qu'en 1950 qu'a débuté la construction de l'autoroute transcanadienne, pour s'achever en 1971 au coût d'un milliard de dollars. La Transcanadienne sillonne les dix provinces et relie les principales villes du pays.

Admirez le paysage!

Les usagers de la Transcanadienne découvrent une grande variété de paysages. Dans les montagnes Rocheuses, en Colombie-Britannique et en Alberta, on trouve des galeries pare-neige qui protègent l'autoroute des avalanches. On peut aussi apercevoir des passages pour animaux qui leur permettent de traverser la route en toute sécurité.

Dans les Prairies, la Transcanadienne est plane et s'ouvre sur de vastes espaces. Dans le nord de l'Ontario, elle serpente à travers de denses forêts. Au Québec, l'autoroute longe le fleuve Saint-Laurent jusqu'aux provinces de l'Atlantique. À Terre-Neuve et sur l'île de Vancouver, des traversiers assurent la liaison avec le continent.

VRAIMENT?

La Transcanadienne est la plus longue autoroute au monde à avoir installé des bornes de recharge publiques sur toute sa longueur, permettant ainsi aux voitures électriques de la traverser d'un bout à l'autre.

LE PONT DE HARTLAND
Hors du commun

IL EXISTE DE NOMBREUX PONTS AU CANADA ET DANS LE MONDE, MAIS CELUI DE HARTLAND, AU NOUVEAU-BRUNSWICK, EST UNIQUE : C'EST LE PLUS LONG PONT COUVERT AU MONDE.

Un imprévu

Le pont enjambe la rivière Saint-Jean et fait 391 mètres de long. L'inauguration du pont ne s'est pas déroulée comme prévu. La construction devait se terminer le 14 mai 1901; la veille, cependant, le médecin du village a reçu un appel d'urgence provenant de l'autre côté de la rivière. Des travailleurs ont placé des planches sur le pont pour permettre au médecin de traverser et de se rendre rapidement sur les lieux.

Aux abris!

Au départ, le pont de Hartland n'était pas couvert. De fortes pluies et chutes de neige dans la région ont conduit à l'ajout du toit en 1922. Aujourd'hui, le pont est à la fois un lieu historique national du Canada et un lieu du patrimoine provincial. En 2012 son 111e anniversaire a été commémoré par un doodle (logo spécial) de Google.

Le pont de Hartland est connu sous le nom de « pont des amoureux ». À l'époque où l'on voyageait en voiture à cheval, les jeunes gens qui se faisaient la cour s'arrêtaient parfois sur le pont afin d'échanger un baiser à l'abri des regards. C'est pourquoi beaucoup de personnes, au début, se sont opposées à l'idée de couvrir le pont. Elles craignaient que cela n'affecte la moralité des jeunes!

Il y a longtemps, lorsque les gens circulaient en traîneau durant l'hiver, on devait transporter de la neige et l'étendre sur le tablier du pont pour permettre aux traîneaux de glisser.

DES ATTRACTIONS GÉANTES
Pirojki, violon, oie... oh là là!

DES VILLES ET DES VILLAGES DE PARTOUT AU CANADA ONT ÉRIGÉ D'ÉNORMES STATUES, PARFOIS UN PEU FARFELUES, AUX ABORDS DES ROUTES. TOUTES CES STATUES EXPRIMENT À LEUR FAÇON UN ASPECT PARTICULIER DE LEUR COLLECTIVITÉ.

Voir grand

Si tu aimes les animaux, tu peux rendre visite à l'oie géante qui se trouve à Wawa, en Ontario. Cette municipalité tire son nom d'un mot ojibwé, *wewe*, qui veut dire « oie sauvage ». Dans la ville de Glendon, en Alberta, on peut apercevoir un gigantesque pirojki (mets polonais) qui fait plus de neuf mètres de haut. Partout au Canada, on retrouve dans certaines municipalités d'immenses répliques de différents objets : une scie à chaîne (à Lillooet, en Colombie-Britannique), un dinosaure (à Drumheller, en Alberta), un violon (à Sydney, en Nouvelle-Écosse), et une girouette (à Westlock, en Alberta). Ces répliques attirent les touristes, rappellent l'importance de l'objet pour l'endroit, ou font référence à sa culture ou à son passé.

Homard, moustique et Viking

Shediac, au Nouveau-Brunswick, se décrit comme la capitale mondiale du homard. Ce n'est donc pas étonnant que la statue d'un énorme homard ait été érigée à l'une des entrées de la ville. Le nom du village de Komarno, au Manitoba, signifie « infesté de moustiques » en ukrainien; sans surprise, on y trouve la statue... d'un moustique géant. Enfin, il ne faut pas manquer la statue de l'imposant Viking à Gimli, au Manitoba, un clin d'œil aux origines islandaises de la communauté.

Un pirojki? Je meurs de faim, moi!

VRAIMENT?

L'Ontario possède plusieurs pièces de monnaie géantes. Sudbury a une pièce de cinq cents qui fait 9 mètres de haut, Echo Bay, un énorme huard, et Campbellford, une immense pièce de deux dollars.

LE CANAL WELLAND
Un véritable escalier d'eau

DE NOS JOURS, D'IMMENSES NAVIRES TRANSPORTANT BLÉ, FER, SEL, CHARBON, ETC., PARTENT DES PORTS DU LAC SUPÉRIEUR, SILLONNENT LES GRANDS LACS ET REJOIGNENT LE FLEUVE SAINT-LAURENT. MAIS JUSQU'EN 1829, ON NE POUVAIT QUE RÊVER D'UN TEL PARCOURS.

Contourner les chutes

Le niveau du lac Érié est de 99 mètres plus haut que celui du lac Ontario. Avant la construction du canal, il était impossible pour les navires de circuler d'un lac à l'autre. Ils ne pouvaient tout de même pas descendre les chutes du Niagara! Les Canadiens ont donc construit le canal Welland, la plus haute écluse au monde.

Huit, le chiffre magique

Le canal Welland consiste en une série de huit écluses. Une écluse est un sas à l'intérieur d'un canal, qui est muni d'une porte à chaque extrémité. On peut ouvrir ou fermer chaque porte pour permettre de faire entrer ou sortir l'eau. Lorsqu'un bateau passe d'un niveau inférieur à un niveau supérieur, il entre dans la première écluse et la porte se referme derrière lui. On laisse ensuite l'eau pénétrer dans l'écluse. Le bateau monte en même temps que l'eau, jusqu'au niveau de la prochaine écluse.

On ouvre la porte devant le bateau, ce qui lui permet d'accéder à l'écluse supérieure. Le navire franchit ainsi toutes les écluses jusqu'à ce qu'il atteigne la plus haute; il peut alors continuer sa route. Il faut compter environ 11 heures pour traverser les huit écluses.

> **VRAIMENT?**
> Le canal Welland fait partie de la voie maritime du Saint-Laurent, le système d'écluses et de canaux qui permet aux immenses navires de voyager des Grands Lacs jusqu'à l'océan Atlantique. Cette voie se rend jusqu'au centre du Canada; il s'agit de la plus longue voie navigable intérieure au monde.

Environ 3 000 navires passent dans le canal Welland chaque année, chargés de 40 millions de tonnes de marchandises.

LE PONT DE LA CONFÉDÉRATION
Un exploit d'ingénierie

ENJAMBANT LE DÉTROIT DE NORTHUMBERLAND ENTRE L'ÎLE-DU-PRINCE-ÉDOUARD ET LE NOUVEAU-BRUNSWICK, LE PONT DE LA CONFÉDÉRATION EST LE PLUS LONG PONT AU CANADA.

Le défi des glaces

Le pont de la Confédération est également le plus long au monde à franchir des eaux qui gèlent en hiver. Le pont a été construit à l'aide de 44 travées (ou sections); chacune de ces travées est soutenue par des piliers. Dans le détroit de Northumberland, les piliers doivent pouvoir supporter une épaisse couche de glace, car celle-ci peut former des falaises faisant jusqu'à 10 mètres de haut. La base de chacun des piliers est munie d'un bouclier anti-glace en béton. Ces boucliers agissent comme la proue d'un bateau qui se fraye un passage en fendant la glace, projetant la glace vers le haut jusqu'à ce qu'elle se brise. Ils peuvent résister à une pression des glaces de 3 000 tonnes, ce qui équivaut à environ 15 fois la force que les brise-glaces doivent supporter dans l'Arctique.

Un travail colossal

Dès le début, la construction du pont représentait un projet colossal. On a donc fait appel à la plus grande grue flottante au monde, haute comme un édifice de 30 étages. Cette grue déplaçait des poutres et des poteaux qui pesaient jusqu'à 7 500 tonnes, et ce, avec une grande précision.

Depuis l'ouverture du pont le 31 mai 1997, le transport des pommes de terre et des fruits de mer de l'I.-P.-É. se fait plus rapidement. Les exportations de ces deux ressources sont donc à la hausse, ce qui vient en aide à de nombreux agriculteurs et pêcheurs.

VRAIMENT?

L'une des plus venteuses au Canada, cette région des provinces de l'Atlantique subit de violentes tempêtes de neige. Des parois de béton le long du pont de la Confédération protègent la chaussée des intempéries tout en masquant la vue de l'eau en bas, au grand soulagement de ceux qui ont peur des hauteurs.

L'HYDROÉLECTRICITÉ
Exploiter la puissance de l'eau

IL FAUT BEAUCOUP D'ÉNERGIE POUR FAIRE FONCTIONNER UN IMMENSE PAYS COMME LE CANADA. UNE GRANDE PARTIE DE CETTE ÉNERGIE PROVIENT DE L'HYDROÉLECTRICITÉ, L'ÉLECTRICITÉ GÉNÉRÉE PAR L'ÉNERGIE D'UNE EAU COURANTE OU D'UNE CHUTE D'EAU.

Une énergie renouvelable

Contrairement au charbon et au gaz naturel, qui fournissent tous deux de l'énergie, mais qui brûlent et disparaissent complètement durant le processus, l'eau en mouvement est une source d'énergie renouvelable. La lumière du soleil, le vent, les vagues et les marées sont d'autres sources d'énergie renouvelable. À mesure que la population de la Terre augmente, nous devrons réduire l'énergie que nous utilisons ou en trouver de nouvelles sources.

Les eaux vives

Actuellement, l'hydroélectricité est assez peu coûteuse à produire, et elle est la source d'énergie renouvelable la plus utilisée sur la planète. De tous les pays du monde, le Canada en est le deuxième plus grand producteur. Un grand nombre des centrales hydroélectriques du pays sont situées au Québec.

Non seulement Hydro-Québec produit suffisamment d'énergie pour alimenter tout le Québec, mais la province peut aussi vendre ses surplus d'hydroélectricité aux autres provinces et à certains États américains. Le Québec possède de nombreuses chutes et rivières à débit rapide. Les centrales hydroélectriques du complexe La Grande, aménagées sur la Grande Rivière dans le nord-ouest de la province, constituent l'un des plus grands complexes hydroélectriques au monde.

VRAIMENT?

Les scientifiques qui cherchent de nouvelles sources d'énergie songent à exploiter celle… des couches souillées. Celles-ci seraient chauffées (ne pense pas à l'odeur!) afin d'être transformées en combustible. Ce qui est bien, c'est qu'il y aura toujours des bébés pour souiller des couches!

LE COL CHILKOOT
Une montée éreintante pour de l'or

IMAGINE 1 500 MARCHES TOUT EN GLACE.

VOILÀ À QUOI ÉTAIENT CONFRONTÉS LES MINEURS QUI VOULAIENT À TOUT PRIX ATTEINDRE LE KLONDIKE DURANT LA RUÉE VERS L'OR, À LA FIN DES ANNÉES 1800.

Deux tonnes de bagages

Le rêve de faire fortune a attiré une foule de gens dans le nord-ouest du Canada, après la découverte de l'or en 1896. Mais beaucoup n'étaient absolument pas prêts pour se lancer dans une telle expédition. La police à cheval du Nord-Ouest craignait que des gens meurent en allant chercher de l'or, alors elle a dressé une liste du matériel requis pour tenir le coup.

On arrive bientôt?

Cette liste exhaustive comprenait de la nourriture (incluant de la farine, du sel, du bacon et des flocons d'avoine), des vêtements, des médicaments et beaucoup d'autres fournitures. Le règlement était strictement appliqué, et le matériel exigé pesait environ deux tonnes! Les chercheurs d'or arrivaient avec tout leur équipement au col Chilkoot, dans les hautes montagnes du nord-ouest de la Colombie-Britannique.

Ne regardez pas en bas!

Le col Chilkoot étant trop étroit pour les wagons et les chevaux, les chercheurs d'or devaient tout transporter eux-mêmes et faire plusieurs allers-retours. La piste était accidentée et la marche, difficile. En hiver, les travailleurs sculptaient des marches qu'on a surnommées « l'escalier doré ». Celui-ci n'étant pas assez large pour deux personnes, il y avait une longue file de mineurs qui grimpaient tant bien que mal les marches abruptes et glacées.

Le col Chilkoot peut sembler extrêmement dangereux, mais il a été utilisé par la Première Nation Tlingit pendant des centaines d'années. C'était le trajet le moins cher et le plus court pour transporter le matériel jusqu'aux champs aurifères.

VRAIMENT?
Environ 1 500 femmes ont pris part à la ruée vers l'or du Klondike, vêtues de longues et lourdes jupes, ainsi que de jupons et de corsets, même pour grimper le col Chilkoot.

LA VILLE DE QUÉBEC
Une cité fortifiée

L'EUROPE COMPTE UN GRAND NOMBRE DE VILLES FORTIFIÉES, MAIS L'AMÉRIQUE DU NORD N'EN A QU'UNE SEULE : QUÉBEC. LES MURS ENCERCLENT LA VIEILLE VILLE SUR ENVIRON 4,6 KILOMÈTRES.

Un village désert

La ville a d'abord été un village iroquoien nommé Stadaconé. Mais au début des années 1600, le village a été abandonné. Les historiens ignorent si les villageois ont été chassés par d'autres tribus, décimés par la maladie ou s'ils ont connu de piètres récoltes. Le 3 juillet 1608, Samuel de Champlain, un explorateur venu de France, fonde la ville de Québec sur le site de l'ancien village.

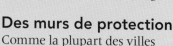

Des murs de protection

Comme la plupart des villes fortifiées, Québec était entourée d'une muraille pour la protéger. Le premier mur a été achevé à la fin des années 1600, mais la ville a été assiégée à plusieurs reprises lors d'affrontements entre les Britanniques et les Français. Alors d'autres murs ont été ajoutés au cours du temps.

Le mur que l'on peut voir dans la ville d'aujourd'hui a été construit entre 1745 et 1760. Mais il y a quelques centaines d'années, il n'y avait pas qu'une haute muraille de pierre qui protégeait la ville. À cette époque, les fortifications étaient également constituées de terre-pleins, de fossés et, dans le cas de Québec, d'un glacis, pente douce ayant pour but de dissimuler le mur à l'ennemi. Tout ça venait s'ajouter à un mur de plus de 75 mètres de largeur.

VRAIMENT?

Les fortifications de Québec ont été reconnues « site du patrimoine mondial ». Ces sites sont choisis par l'Organisation des Nations Unies pour l'éducation, la science et la culture (UNESCO) pour leur valeur historique et leur attrait culturel. Le parc national Nahanni, dans les Territoires du Nord-Ouest, le précipice à bisons Head-Smashed-In, en Alberta, et le vieux Lunenburg, en Nouvelle-Écosse, comptent parmi les autres sites canadiens classés au patrimoine mondial de l'UNESCO.

L'OBSERVATION SOUS-MARINE
Au fin fond de l'océan

AU LARGE DE LA COLOMBIE-BRITANNIQUE REPOSE UN OBSERVATOIRE OCÉANOGRAPHIQUE APPELÉ NEPTUNE.

Sous l'eau

Depuis décembre 2009, des scientifiques de laboratoires et d'universités du monde entier effectuent des expériences au fond de l'océan au large des côtes canadiennes. Grâce aux câbles à fibre optique, les informations recueillies sont acheminées directement au site Internet de NEPTUNE, auquel les chercheurs ont accès.

Les enfants et quiconque s'intéresse à l'océan peuvent voir et entendre ce qui s'y passe. NEPTUNE est le premier observatoire sous-marin de cette taille directement relié à Internet. Il permet aux scientifiques de suivre en direct les changements qui se produisent, d'évaluer les effets de l'activité humaine sur l'océan et de comprendre la façon dont les fonds marins, l'eau et l'atmosphère sont reliés.

Allons voir!

Avant NEPTUNE, les scientifiques qui cherchaient des informations sur des sites précis dans l'océan devaient compter sur les navires qui passaient par-là, ou sur les satellites qui les balayaient de temps en temps. Maintenant, grâce au premier robot sous-marin piloté via Internet, les chercheurs peuvent envoyer un appareil collecteur de données à l'endroit précis qui les intéresse, et obtenir rapidement une grande quantité d'informations à analyser.

NEPTUNE continue de grandir. Il a maintenant plus de câbles et de nouveaux instruments. On l'a classé parmi « les dix projets scientifiques les plus ambitieux » de l'humanité.

NEPTUNE a de la compagnie. VENUS (Victoria Experimental Network Under the Sea) permet également aux chercheurs et au grand public de surveiller l'océan à partir de leur ordinateur portable.

Aimes-tu les histoires de fantômes? As-tu des frissons dans le dos en pensant à un monstre géant vivant dans un lac? Es-tu fasciné par les chevaux sauvages? Intrigué par les aventures de pirates et de trésors perdus? Qu'en est-il des loups-garous et des mauvais sorts? Les dix histoires canadiennes qui suivent te feront vivre des sensations fortes.

CHAPITRE 8

MONSTRES, MYTHES ET MYSTÈRES

Amusant, effrayant, bizarre

CINQ MYTHES SUR LE CANADA
Qui a inventé ça?

VOICI CINQ CHOSES QU'ON RACONTE SUR LE CANADA PARTOUT DANS LE MONDE, ET POURQUOI ELLES SONT FAUSSES (LA PLUPART DU TEMPS).

1 : Les Canadiens vivent dans des iglous.

L'iglou, abri de neige traditionnel construit par les Inuits, est une bonne façon d'utiliser la neige et assure le confort de ses occupants. Mais la majeure partie du Canada n'a pas le climat qu'il faut pour bâtir un iglou, encore moins pour habiter dedans.

2 : Le Canada est toujours enneigé.

Une visite au pays en plein été convaincra n'importe qui du contraire. Victoria, en Colombie-Britannique, bénéficie du climat le plus doux au Canada avec une moyenne d'ensoleillement de 2 183 heures par année. Des fleurs y éclosent toute l'année et la saison sans gel y dure huit mois.

3 : Le sport national du Canada est le hockey.

C'est vrai que le hockey est TRÈS populaire au Canada. C'est presque une obsession nationale! Mais il est le sport d'hiver national seulement. Le sport d'été officiel est la crosse.

4 : Les policiers canadiens sont vêtus de rouge.

En effet, les officiers de la GRC (ou police montée) sont vêtus de rouge, mais uniquement lors de cérémonies spéciales. La plupart du temps, ils portent leur uniforme de police habituel.

5 : Le Canada est identique aux États-Unis.

Ces deux pays partagent une langue, des intérêts culturels et un continent, mais il existe entre eux de nombreuses différences au niveau de la géographie, de la langue, des accents et du vocabulaire, de la nourriture, du gouvernement, etc.

L'ÎLE DE SABLE
Un endroit irréel

IL EXISTE AU MILIEU DE L'ATLANTIQUE UNE ÎLE MINUSCULE QUI APPARTIENT À LA NOUVELLE-ÉCOSSE.

MAIS ELLE EST SI FRAGILE QU'IL FAUT AVOIR UNE PERMISSION SPÉCIALE POUR LA VISITER.

Un habitat pour les chevaux

Très peu de gens habitent sur l'île, mais plus de 400 chevaux y vivent. Dotés de longues crinières hirsutes, ils sont libres et sauvages. Cet endroit magique s'appelle l'île de Sable. En 2013, elle a été désignée réserve de parc national.

Comment l'île s'est-elle formée?

Les scientifiques croient que les glaciers sont à l'origine de la formation de l'île.

Il y a environ 15 000 ans, pendant le dernier âge glaciaire, le mouvement des glaciers a entraîné le déplacement de grandes quantités de sable et de gravier. Une fois la glace fondue, les sédiments sont demeurés en place. Même aujourd'hui, la couche de sable est très profonde, ce qui rend la marche lente et laborieuse.

VRAIMENT?

Des gens ont planté plus de 80 000 arbres sur l'île de Sable; mais à cause de tout ce sable, un seul pin robuste d'à peine un mètre de haut a survécu jusqu'à maintenant.

Comment les chevaux sont-ils arrivés?

Les chevaux seraient présents sur l'île de Sable depuis les années 1700. Les Britanniques ont confisqué les chevaux des Acadiens lorsqu'ils les ont expulsés de la Nouvelle-Écosse. Les bêtes sont arrivées sur l'île à bord d'un navire marchand venu de Boston. Parfois, on se servait des chevaux pour secourir des naufragés ou pour aider lors du déplacement du bétail. Mais de nos jours, les chevaux sont en liberté.

Environ 350 navires se sont échoués sur l'île de Sable. Le sable et le brouillard ne pardonnent pas.

LA MORT MYSTÉRIEUSE DE TOM THOMSON
Qu'est-il vraiment arrivé à Tom?

LE 8 JUILLET 1917, L'ARTISTE TOM THOMSON EST PARTI FAIRE DU CANOT DANS LE PARC PROVINCIAL ALGONQUIN QU'IL AIMAIT TANT. MAIS IL N'EN EST JAMAIS REVENU.

Né pour peindre

Tom Thomson est né à Claremont, en Ontario, en 1877. Il a travaillé dans un atelier d'usinage, mais il a été congédié à cause de ses fréquents retards. Il s'est inscrit dans une école de commerce, mais a laissé tomber. Puis il s'est mis à peindre et, dès lors, il a su que c'était ce qu'il voulait faire de sa vie.

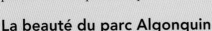

En 1907, il s'est joint au studio de graphisme Grip Ltd. Il a fait la rencontre d'autres artistes, dont plusieurs feront partie du Groupe des sept.

La beauté du parc Algonquin

En 1912, Tom Thomson visite le parc Algonquin pour la première fois. Ce lieu devient pour lui une source d'inspiration majeure. Quiconque a déjà visité le parc ou a vu des photos de cet endroit décèlera facilement cette influence dans les toiles de Thomson. En 1913, il a commencé à exposer ses œuvres avec la *Ontario Society of Artists*. Sa carrière était lancée! Mais c'est alors que sa vie a pris fin de façon abrupte et mystérieuse.

Une mort tragique

Il existe de nombreuses hypothèses sur la mort de Tom Thomson. Selon le rapport officiel, il se serait noyé accidentellement, mais certains en doutent. Ils croient que Thomson se serait suicidé après une peine d'amour ou qu'il aurait été assassiné. Cependant des enquêteurs ont étudié toutes les preuves et ont conclu que la mort de Thomson était accidentelle.

VRAIMENT?

Peu de temps avant sa mort, Thomson a écrit à un ami qu'il serait ravi d'obtenir 10 ou 15 dollars pour un de ses croquis. Aujourd'hui, ces mêmes croquis valent jusqu'à deux millions de dollars!

LE LOUP-GAROU
Prends garde!

LES HISTOIRES DE LOUP-GAROU ÉTAIENT POPULAIRES DANS DE NOMBREUX PAYS. À LA FIN DU 17ᴱ SIÈCLE, LES COLONS FRANÇAIS SONT ARRIVÉS AU QUÉBEC AVEC LES LEURS.

Qu'est-ce qu'un loup-garou?

Au 16ᵉ siècle, les loups-garous des contes français étaient des sorciers diaboliques qui se changeaient en loups pour manger les enfants ou dévorer une âme.

Dans la nature sauvage du Canada, ces histoires ont pris une nouvelle tournure. Selon la légende québécoise, le loup-garou refusait de confesser ses péchés et n'allait pas communier à Pâques. En guise de punition, il se transformait en loup sur le coup de minuit. Le seul moyen de l'arrêter consistait à le poignarder avec un pic, de préférence dans le front.

Le clergé racontait ces histoires terrifiantes pour inciter les gens à suivre les règles et les recommandations religieuses.

Gentil loup-garou

La bonne nouvelle pour le loup-garou, c'est qu'une fois qu'on l'avait poignardé, il était libéré de son sort. La mauvaise nouvelle pour la personne qui l'avait poignardé, c'est que c'est elle qui allait maintenant se changer en loup-garou. Mais tout n'était pas perdu! Si le nouveau loup-garou était pieux et bon, et s'il ne révélait pas son identité, il redeviendrait humain 101 jours plus tard.

VRAIMENT?

Au 18ᵉ siècle, au Québec, on racontait tellement d'histoires et de rumeurs sur les loups-garous que deux loups ont été tués lorsque des gens ont tenté de les transformer en humains en les poignardant. Malheureusement pour les pauvres loups, ni l'un ni l'autre ne s'est changé en humain. Ce n'étaient pas des loups-garous, en fin de compte.

LE MYSTÈRE DE L'ÎLE OAK
Un trésor bien caché

QU'EST-CE QUI A RENDU LA PETITE ÎLE OAK SI CÉLÈBRE? PENDANT PLUS DE 200 ANS, ON A RACONTÉ QUE DES PIRATES Y AVAIENT ENFOUI UN TRÉSOR.

Qu'est-ce qui se cache là-dessous?

En 1795, Daniel McGinnis, âgé de 18 ans, a aperçu des lumières sur l'île Oak, une petite île de la baie Mahone, en Nouvelle-Écosse. Il s'y est rendu avec des amis. Ils ont remarqué une dépression dans une clairière et ont commencé à creuser. Ils ont découvert des dalles dans le trou et des marques de pic sur une paroi. Puis, ils sont tombés sur des rangs de bûches. Quelque chose de spécial était sûrement caché là-dedans! Les jeunes hommes ont creusé une fosse de neuf mètres, mais sans résultat.

Je croyais q tu apport des pe

Un véritable gouffre

Les rumeurs et les histoires allaient bon train. Vers 1803, une compagnie a repris les recherches. On a trouvé d'autres dalles, bûches et marques, mais pas de trésor. Cette quête était surnommée « le gouffre financier », car de nombreux entrepreneurs avaient dépensé une fortune en travaux sans jamais découvrir le moindre argent ni le moindre trésor. Quelqu'un prétendait avoir trouvé une pierre gravée de symboles qui signifiaient : « À quarante pieds plus bas sont enterrées deux millions de livres ».

Des fouilles mortelles

Au cours du siècle suivant, la fosse a été inondée. Dans les années 1860, la chaudière d'une pompe a éclaté, causant la mort d'un ouvrier. Les fouilles se sont poursuivies en 1866, 1893, 1909, 1935, 1936 et 1959. Au fil des ans, six personnes ont perdu la vie durant les fouilles. Toute cette activité a laissé derrière elle une grande quantité de débris. Cette histoire a également fait l'objet de plus de 50 livres, de quelques émissions de télévision, d'un jeu vidéo et d'une exposition au musée maritime de l'Atlantique. Quant au trésor, il est demeuré introuvable… jusqu'à maintenant.

VRAIMENT?
Franklin Delano Roosevelt, qui allai plus tard devenir président des États Unis, a participé aux fouilles en 1909 et a continué à s'informer de ce qu se passait à l'île Oa jusqu'à sa mort.

LE TRAPPEUR FOU DE LA RIVIÈRE RAT

Silencieux, audacieux et dangereux

UN VÉRITABLE FILM D'ACTION : UNE EMBUSCADE, UNE CHASSE À L'HOMME, UN POLICIER BLESSÉ ET UN AUTRE TUÉ.

SANS OUBLIER LA CONCLUSION DE CETTE ÉTRANGE HISTOIRE DU TRAPPEUR FOU.

Qui était-il?

Le trappeur disait s'appeler Albert Johnson. Tout ce qu'on savait de lui, c'est qu'il était arrivé à Fort McPherson, dans les Territoires du Nord-Ouest, au début des années 1930, qu'il avait l'air renfrogné et qu'il vivait seul dans une cabane au bord de la rivière Rat.

Armé et dangereux

Peu après son arrivée, des plaintes ont été déposées contre Albert Johnson, à propos de pièges. Les policiers se sont rendus chez lui, mais il ne voulait pas discuter. Lorsqu'ils y sont retournés munis d'un mandat de perquisition, Johnson a tué un policier. Une troupe plus nombreuse et plus lourdement armée est retournée chez Johnson quelque temps après. Le siège a duré trois jours. Johnson a tiré des coups de feu, et les policiers ont riposté. Malgré tout, il refusait toujours de se rendre. D'autres policiers de la GRC sont venus en renfort et ont découvert qu'Albert Johnson s'était enfui. Cette nuit-là, par un froid glacial, il a escaladé une dangereuse falaise glacée et a franchi des cols en haute montagne. Tous étaient sidérés devant tant d'audace et de résilience.

Traqué

Des équipes de recherche, comme celle qu'on peut voir sur la photo ci-dessus, ont pris part à la chasse à l'homme. Albert Johnson a su tirer parti des pistes de caribou et du blizzard pour dissimuler ses traces. Il a finalement été repéré, encerclé et tué sur la glace de la rivière Eagle. On a trouvé 2 000 dollars sur lui.

VRAIMENT?

En 2007, les restes d'Albert Johnson ont été exhumés lors du tournage d'un documentaire. Des tests d'ADN ont été effectués pour déterminer l'identité de cet insaisissable hors-la-loi. Malgré tous les efforts déployés, l'identité de Johnson n'a pu être clairement établie. Personne ne sait non plus ce qui l'a amené dans les Territoires du Nord-Ouest ni ce qui l'a poussé à agir comme il l'a fait.

OGOPOGO
Y a-t-il vraiment un monstre dans ce lac?

MALGRÉ LES NOMBREUX TÉMOIGNAGES ET ENQUÊTES, PERSONNE NE PEUT DIRE AVEC CERTITUDE SI UN MONSTRE MARIN GÉANT VIT BEL ET BIEN DANS LE LAC OKANAGAN, AU SUD DE LA COLOMBIE-BRITANNIQUE.

Qui est Ogopogo?

Pendant des années, des gens ont affirmé avoir vu dans le lac une énorme créature semblable à un serpent, mesurant entre 6 et 20 mètres de long. Le monstre est décrit comme étant vert, noir, gris, brun ou ocre, et il aurait deux ou trois bosses sur le dos. Certains affirment qu'il a une tête de serpent; d'autres la comparent à celle d'un alligator, d'un mouton ou d'un cheval.

Dans leurs légendes, les autochtones parlent d'un monstre ou d'un esprit lacustre qu'ils appellent N'ha-a-itk (le démon du lac). Souvent, ils allaient pagayer en canot sur le lac et apportaient un petit animal en offrande pour apaiser le serpent. Le lac Okanagan est profond, presque autant qu'un fjord, et convient parfaitement à une créature de cette taille.

Des témoins

Depuis la fin des années 1800, beaucoup de gens ont rapporté avoir vu le monstre. En 1926, plusieurs ont affirmé l'avoir aperçu. En 1978, en traversant le pont du côté ouest du lac, Bill Steciuk est certain d'avoir vu Ogopogo. Les véhicules se sont arrêtés derrière lui, et une vingtaine de personnes ont confirmé avoir aperçu le serpent.

Steciuk était tellement convaincu qu'il a continué ses recherches. Il a entrepris deux expéditions, en 2000 et en 2001, dans le but de retrouver Ogopogo. Le lac et son monstre ont fait l'objet de plusieurs documentaires, mais on n'a toujours pas trouvé une preuve concluante de l'existence d'Ogopogo.

VRAIMENT?

Certains scientifiques croient qu'Ogopogo pourrait être une espèce primitive de baleine. Les chercheurs qui s'intéressent aux monstres sont des cryptozoologistes. Plusieurs d'entre eux affirment qu'Ogopogo est le monstre lacustre dont l'existence est la mieux documentée. Il a été aperçu encore plus souvent que le célèbre monstre du Loch Ness, en Écosse.

LA CÔTE MAGNÉTIQUE
Incroyable!

IL S'AGIT D'UNE PETITE COLLINE DANS UNE COMMUNAUTÉ RURALE PRÈS DE MONCTON, AU NOUVEAU-BRUNSWICK. DEPUIS 1933, CET ENDROIT ATTIRE LES TOURISTES COMME UN AIMANT.

Un étrange phénomène

Depuis longtemps, les gens du coin avaient remarqué que les voitures roulaient vers le *haut* de la colline, ce qui surprenait les gens et les chevaux. Comment une colline pouvait-elle faire rouler une voiture vers le haut? En 1933, le rédacteur en chef John Bruce et les journalistes Stuart Trueman et Jack Bailey, du *Telegraph-Journal* de Saint John, ont décidé d'en avoir le cœur net.

Ils ont passé des heures à attendre que la colline fasse remonter leur voiture, mais il ne s'est rien passé. Alors qu'ils étaient sur le point de renoncer, leur roadster 1931 a soudain remonté la côte sans eux. Abasourdis, ils ont écrit un article sur cet événement hors du commun, et la légende est née.

L'endroit rêvé

Peu de temps après la publication de l'article, Muriel Lutes, une résidante du coin, a jugé qu'avec toute cette publicité, c'était le moment idéal pour ouvrir un commerce près de la colline. Après avoir emprunté de l'argent, elle a ouvert un comptoir de crème glacée, une boutique de cadeaux et un casse-croûte, et les a regroupés sous l'enseigne de « Côte magnétique ». La nouvelle s'est répandue, les touristes sont venus et les commerces de Muriel ont fait de bonnes affaires. Bientôt, d'autres établissements ont ouvert leurs portes. Aujourd'hui, il est possible de vivre l'expérience de la côte magnétique (pour un prix modique) et de visiter le parc aquatique, le zoo et le grand site de concert.

Pourquoi les voitures remontent-elles cette côte?

Elles ne remontent pas vraiment. Il s'agit plutôt d'une illusion d'optique causée par l'inclinaison de la colline.

VRAIMENT?

En 2010, un chercheur japonais a remporté un prix pour avoir reproduit l'illusion d'optique qu'on observe sur la côte magnétique.

LA CHASSE-GALERIE
Le canot volant

L'HIVER, LA NEIGE, LA FORÊT, UN CANOT, DES BÛCHERONS QUI S'ENNUIENT, LE DIABLE, UNE TOUCHE DE MAGIE ET LE NOUVEL AN. VOILÀ TOUT CE QU'IL FAUT POUR FAIRE REVIVRE LA CHASSE-GALERIE, UNE LÉGENDE POPULAIRE DU QUÉBEC.

Son origine

Lorsque les colons français sont arrivés au Nouveau Monde au 17e siècle, leurs histoires, souvent basées sur la religion, ont voyagé avec eux. L'une d'elles racontait comment un riche noble avait été puni pour ne pas avoir assisté à la messe du dimanche.

En Amérique, cette histoire a été combinée à une légende autochtone qui parlait d'un canot volant. C'est ainsi qu'est née la populaire légende québécoise de la chasse-galerie. Écrite par Honoré Beaugrand, la version la plus célèbre a été publiée dans le magazine *The Century* en 1892.

Le pacte

Dans la version de Beaugrand, un groupe de bûcherons souhaitent rentrer à la maison pour célébrer la veille du jour de l'An avec leurs bien-aimées. Le diable leur propose un pacte : il leur fournira un canot volant pour les transporter, mais en échange ils ne devront pas s'accrocher aux clochers ni prononcer le nom de Dieu. Ils doivent aussi promettre de retourner au camp pour six heures le lendemain matin. S'ils désobéissent, ils perdront leurs âmes.

Les bûcherons s'envolent. Ils s'amusent follement, mais comme c'est bientôt l'heure de rentrer, ils remontent dans le canot. À leur grand désarroi, celui qui est aux commandes n'est vraiment pas doué, et c'est de justesse qu'ils esquivent un clocher d'église. Pire encore, le pilote pousse un juron, le canot heurte un arbre et les hommes sont projetés par terre. Heureusement, l'histoire se termine bien, car ils ne perdent pas leur âme.

Lors des cérémonies d'ouverture des Jeux olympiques de Vancouver en 2010, un violoneux à bord d'un canot a filé dans les airs, en hommage à la légende.

LE VAISSEAU FANTÔME DU DÉTROIT DE NORTHUMBERLAND
Une goélette en flammes

IMAGINE QUE TU ES SUR LE RIVAGE ET QUE TU VOIS UNE MAGNIFIQUE GOÉLETTE À TROIS-MÂTS PRENDRE FEU. PENDANT PLUS DE 200 ANS, C'EST EXACTEMENT CE QUE DES GENS ONT JURÉ AVOIR VU DANS LE DÉTROIT DE NORTHUMBERLAND.

La première apparition

La première apparition du vaisseau en flammes remonte à 1786, dans les eaux qui séparent l'Île-du-Prince-Édouard de la Nouvelle-Écosse et du Nouveau-Brunswick. Au fil des siècles, des témoins ont vu la goélette se manifester; il s'agissait souvent de groupes de gens qui se trouvaient sur le rivage. Un jour, le bruit d'une nouvelle apparition du vaisseau fantôme s'est répandu si vite qu'il y a eu un embouteillage sur la route alors que les curieux se précipitaient sur les lieux.

VRAIMENT?
On rapporte que des navires se sont dirigés vers la malheureuse goélette pour lui venir en aide, mais qu'elle s'est aussitôt volatilisée.

Comment l'expliquer?

Il existe plusieurs théories pour expliquer l'apparition de la goélette en feu. Certains pensent que ce sont les fantômes de deux navires pris dans une bataille au cours de laquelle les deux ont brûlé. D'autres prétendent qu'il s'agit d'un bateau d'immigrants qui s'est perdu dans une tempête. Enfin, d'autres croient que c'est le *Isabella*, un cargo chargé de bois de charpente qui a disparu en 1868.

Certains scientifiques attribuent ces apparitions à un phénomène électrique. D'autres croient que c'est un mirage ou une illusion d'optique. Enfin, d'autres encore estiment qu'il s'agit simplement d'un épais brouillard qui reflète le clair de lune. Personne ne le sait vraiment.

Il y a tant de raisons d'être fier du Canada. Des Canadiens courageux et déterminés ont amélioré la vie de millions de personnes, ici et partout au monde. Dans les domaines de l'exploration et du maintien de la paix, par exemple, des Canadiens ordinaires ont obtenu des résultats extraordinaires. Voici quelques hauts faits canadiens remarquables.

CHAPITRE 9

CHANTONS TOUS EN CHŒUR « Ô CANADA »

La fierté canadienne

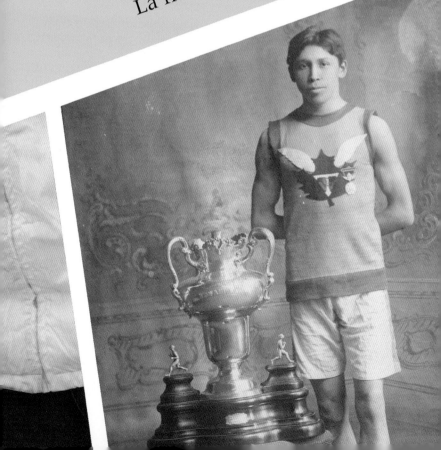

L'OR AU HOCKEY
C'est dans la poche!

LE 20 FÉVRIER 2014, LES CANADIENS FERVENTS DE HOCKEY AVAIENT LES YEUX RIVÉS SUR LE MATCH ENTRE LE CANADA ET LES ÉTATS-UNIS POUR LA MÉDAILLE D'OR DE HOCKEY FÉMININ.

Tout le pays a regardé

Une fois de plus, le Canada et les États-Unis s'affrontaient lors de la finale olympique de hockey féminin. Même si l'équipe canadienne avait remporté les trois dernières finales olympiques, elle semblait cette fois se diriger vers une défaite. Les Américaines menaient 2 à 0, et le match était presque terminé.

Mais avec moins de quatre minutes à jouer en troisième période, le Canada a marqué, réduisant l'avance des États-Unis à un but. Puis, alors que le filet du Canada était désert, les Américaines ont lancé au but… et touché le poteau. Les Canadiennes ont riposté et compté le but égalisateur à moins d'une minute de la fin.

Le pays s'est levé

Environ huit minutes plus tard, le Canada a compté à nouveau en prolongation. C'était l'euphorie dans l'aréna. Les partisans n'en revenaient pas de la détermination de l'équipe canadienne, qui avait refusé de baisser les bras. Trois jours après, sans aucun doute inspirée par l'incroyable performance des femmes, l'équipe canadienne masculine de hockey a remporté l'or à son tour. L'équipe du Canada en hockey sur luge, également l'une des meilleures au monde, a pour sa part gagné une médaille de bronze aux Jeux paralympiques de 2014.

VRAIMENT?

La première fois que le Canada a remporté l'or en hockey, aux Jeux olympiques d'hiver de 1924 à Chamonix, en France, le jeu était rapide et robuste. L'un des joueurs a perdu connaissance 20 secondes après le début du match, mais il est revenu au jeu et a marqué deux buts!

L'HÉRITAGE DE TOM LONGBOAT
Un athlète hors du commun

L'UN DES PLUS GRANDS MARATHONIENS DE TOUS LES TEMPS, TOM LONGBOAT, A AMORCÉ SA CARRIÈRE DANS UN CHAMP AVEC DES VACHES POUR TOUTE COMPÉTITION. IL EST DEVENU CÉLÈBRE PARTOUT DANS LE MONDE POUR SA VITESSE, SON ÉNERGIE ET SON COURAGE.

L'ascension d'un coureur

Au début des années 1900, Tom Longboat a non seulement affronté de redoutables adversaires sur la piste, mais il a également dû se battre contre le racisme. Né sur la réserve des Six Nations de la rivière Grand, dans le sud de l'Ontario, il a souvent subi de la discrimination en tant que coureur autochtone. De plus, il se disputait souvent avec ses entraîneurs qui n'étaient pas d'accord avec ses méthodes d'entraînement.

Quand Longboat courait, il semblait laisser ses ennuis derrière lui, remportant marathon après marathon et battant de nombreux records. Il était reconnu pour ses sprints en fin de course, au cours desquels il profitait d'un spectaculaire regain d'énergie alors que les autres concurrents avaient du mal à mettre un pied devant l'autre. Ce formidable coureur a remporté le championnat mondial de marathon professionnel en 1909.

L'appel aux armes

Tom Longboat gagnait bien sa vie grâce à ses courses, mais il a tout abandonné pour aider son pays lors de la Première Guerre mondiale. Servant comme estafette, il courait d'un groupe de soldats à l'autre et transmettait des messages et des ordres. Il devait souvent traverser les dangereuses lignes de front, et il a été blessé à deux reprises. Une fois, on l'a même déclaré mort! Mais, il continuait de courir. Quand il ne livrait pas des messages aux officiers et aux soldats, il participait même à des courses.

> **VRAIMENT?**
> On surnommait Tom Longboat le « Mercure de bronze » en raison de la couleur de sa peau, et parce que le dieu romain du même nom était reconnu pour sa vitesse.

AU CHAMP D'HONNEUR
Un poème sur la guerre, pour se souvenir

LE PLUS CÉLÈBRE POÈME DE LA GUERRE A FAILLI NE JAMAIS ÊTRE PUBLIÉ. SON AUTEUR NE LE TROUVAIT PAS TRÈS RÉUSSI. HEUREUSEMENT, UN DE SES AMIS NE PARTAGEAIT PAS SON AVIS.

Les horreurs de la guerre

John McCrae, un médecin de Guelph, en Ontario, avait pris part à la guerre d'Afrique du Sud (ou guerre des Boers). Pourtant, il n'était pas préparé aux horreurs qu'il a vécues en servant lors de la Première Guerre mondiale.

Au printemps 1915, John McCrae était à Ypres, dans une région de Belgique appelée la Flandre. Il travaillait sans répit dans les tranchées à soigner des soldats, entouré d'hommes morts ou blessés. Après avoir perdu au combat un ami très cher, John McCrae était effondré. Il n'avait pas pu sauver son ami, mais il pouvait faire en sorte que tous ces soldats morts ne soient jamais oubliés.

Un coquelicot pour se souvenir

Le lendemain, John McCrae contemplait un cimetière voisin où les coquelicots dansaient dans le vent, et il a écrit *Au champ d'honneur*. Il ne trouvait pas le poème très réussi, cependant, et il a jeté le papier. Un autre officier l'a ramassé et l'a posté à des magazines et à des journaux anglais. Le texte a été publié en décembre 1915, et est rapidement devenu l'un des poèmes les plus populaires de cette guerre.

C'est grâce à ce poème qu'on a adopté le coquelicot comme fleur du souvenir au Canada et dans d'autres pays. Les gens le portent lors du jour du Souvenir, le 11 novembre, date qui marque la fin de la Première Guerre mondiale en 1918.

VRAIMENT?

La plus grande victoire du Canada durant la Première Guerre mondiale a été celle de la bataille de la crête de Vimy, dans le nord de la France. Des soldats d'autres pays avaient déjà tenté de s'emparer de la crête, mais sans succès. Les Canadiens ont réussi. Ils ont conquis plus de terrain et ont capturé plus de prisonniers que toute autre troupe avant eux.

LE MAINTIEN DE LA PAIX
Pearson met fin à la crise

QUELQUES ANNÉES SEULEMENT APRÈS LA FIN DE LA SECONDE GUERRE MONDIALE, LE MONDE ÉTAIT À DEUX DOIGTS DE VIVRE UNE AUTRE GUERRE. CETTE FOIS, LE CANAL DE SUEZ ÉTAIT LE NOUVEAU POINT CHAUD. IL A FALLU L'INTERVENTION D'UN CANADIEN POUR MAINTENIR LA PAIX.

Un canal chaudement disputé

En 1956, l'Égypte s'est emparée du canal de Suez. Ce dernier est situé en Égypte, mais il était exploité depuis des années par une compagnie appartenant aux Français et aux Britanniques. L'Égypte ayant refusé de se retirer du canal de Suez, la France et l'Angleterre ont

bombardé la région. La guerre semblait imminente. La situation était très préoccupante.

La crise est désamorcée

Le Canadien Lester B. Pearson est alors intervenu. En tant que représentant du gouvernement canadien, Pearson a proposé aux Nations Unies (un groupe qu'il a contribué à créer afin d'encourager les pays du monde à coopérer) de former une force d'urgence pour décréter un cessez-le-feu entre les deux camps adverses dans le canal de Suez.

La proposition de Pearson a entraîné la formation de la Force d'urgence des Nations Unies (FUNU), la première force internationale de maintien de la paix dans le monde. Ses efforts ont porté leurs fruits. Depuis, le Canada a participé à toutes les opérations majeures de maintien de la paix, au Congo, en Somalie, au Soudan et dans de nombreux autres pays.

En 1957, Pearson a reçu le prix Nobel de la paix, la plus haute récompense au monde pour les soldats de la paix. Il est le seul Canadien lauréat de ce prix.

DES SOINS MÉDICAUX POUR TOUS
Un droit, pas un privilège

TOMMY DOUGLAS N'A JAMAIS OUBLIÉ CE QUE C'ÉTAIT QUE D'ÊTRE TROP PAUVRE POUR SE FAIRE SOIGNER. IL ÉTAIT BIEN DÉTERMINÉ À RÉPARER CETTE INJUSTICE.

Une expérience marquante

Les Douglas ont affronté une situation difficile en 1911. Leur fils, Tommy, avait développé une maladie des os dans une jambe. Une opération pouvait sauver le garçon de sept ans, mais sa famille n'en avait pas les moyens. Tommy allait devoir être amputé. Puis un médecin a proposé de l'opérer gratuitement. La jambe de Tommy était sauvée.

« Pour rester en vie ou conserver sa jambe, aucun garçon ne devrait avoir à dépendre de la capacité de ses parents à réunir assez d'argent pour faire venir un chirurgien de première classe à son chevet. »
— Tommy Douglas

La concrétisation d'un rêve

Une fois adulte, Tommy Douglas est devenu politicien afin de pouvoir changer la vie des plus démunis. Il a été élu député au Parlement d'Ottawa en 1935, premier ministre de la Saskatchewan, sa province natale, en 1944, et chef du Nouveau Parti démocratique du Canada en 1961.

Tommy Douglas a travaillé dur pour que tous les Canadiens puissent recevoir les soins médicaux dont ils avaient besoin. Il était convaincu qu'un programme national d'assurance-maladie était la solution. En 1972, toutes les provinces et tous les territoires avaient adhéré au programme. Aujourd'hui, c'est une fierté pour les Canadiens de savoir que tous, riches ou pauvres, ont accès à des soins médicaux.

> ### VRAIMENT?
> Boxeur, pasteur, politicien : Tommy Douglas avait plus d'une corde à son arc. On l'a surnommé « le père de l'assurance-maladie ». De plus, en 2004, les Canadiens l'ont nommé « le plus grand des Canadiens de tous les temps ».

AU PAYS DES DINOSAURES
Des dinosaures au Canada...

PLUS DE 500 DINOSAURES ONT ÉTÉ DÉCOUVERTS DANS LE *DINOSAUR PROVINCIAL PARK*, DANS LES BADLANDS DE L'ALBERTA.

Des fouilles fructueuses

Albertosaurus, Centrosaurus, Euoplocephalus : ces dinosaures et bien d'autres encore ont été découverts dans les Badlands de l'Alberta. Nulle part ailleurs dans le monde n'a-t-on trouvé autant de squelettes complets, ou quasi complets, au même endroit : pas moins de 40 espèces de dinosaures.

Chouette!
Un parc!

Pourquoi tant de squelettes?

En se retirant des Prairies il y a environ 15 000 ans, les glaciers ont mis à nu de vastes étendues de terre. Pour le plus grand bonheur des passionnés de dinosaures, ce phénomène a permis d'exposer les roches anciennes et les fossiles qui y étaient enfouis. Les chercheurs expliquent la grande quantité de fossiles qu'on y a découverts par le débordement fréquent des rivières avoisinantes. Il est probable que des milliers de dinosaures se sont noyés lors de crues soudaines et que leurs cadavres ont été rapidement ensevelis sous la boue.

De nouvelles découvertes

Des os et des fossiles provenant du *Dinosaur provincial Park* sont maintenant exposés dans des musées partout dans le monde. Mais on n'a pas découvert que des fossiles de dinosaures lors des fouilles; on y a aussi déterré des fossiles de reptiles volants, de tortues et même de crocodiles. Encore aujourd'hui, on trouve des fossiles de dinosaures dans la région, particulièrement lorsque la terre est emportée par de fortes pluies.

Le musée de paléontologie Royal Tyrrell porte le nom du scientifique et explorateur Joseph Tyrrell, qui a trouvé les premiers ossements de dinosaures dans la région en 1884.

LES CÉLÈBRES CINQ
Les femmes aussi sont des personnes

IMAGINE QU'ON TE DISE QUE TU N'ES PAS UNE PERSONNE. C'EST CE QU'UN AVOCAT A DIT À EMILY MURPHY LORS DE SON PREMIER JOUR DE TRAVAIL EN TANT QUE MAGISTRATE, EN 1916.

Quoi?!

L'avocat a déclaré qu'en vertu de l'Acte de l'Amérique du Nord britannique (AANB), une femme n'était pas considérée comme une personne. Un an plus tard, des groupes de femmes ont fait pression auprès du premier ministre pour qu'Emily Murphy soit nommée sénatrice. Encore une fois, on leur a répondu que parce qu'elle était une femme, elle n'était pas une personne.

Trop c'est trop!

Après avoir appris qu'il fallait un groupe de cinq personnes pour contester une loi, Emily Murphy a rassemblé quatre amies qui militaient déjà pour les droits des femmes : Henrietta Muir Edwards, Louise McKinney, Nellie McClung et Irene Parlby. On les a surnommées les Célèbres cinq. En 1927, elles ont fait parvenir une pétition à la Cour suprême du Canada, le plus haut tribunal du pays. La Cour a statué qu'une femme n'était pas une personne. Les Célèbres cinq ont donc porté l'affaire « personne », comme on en était venu à l'appeler, au Comité judiciaire du Conseil privé britannique, l'instance suprême du Canada à cette époque. Le 18 octobre 1929, le Comité a déclaré que le mot « personnes » dans l'AANB incluait les femmes.

Une plaque a été inaugurée dans le hall du sénat en 1938 (la photo ci-dessus montre à l'avant, de gauche à droite : la belle-fille d'Henrietta Muir Edwards, la fille de la juge Murphy, le premier ministre Mackenzie King et Nellie McClung; à l'arrière, deux sénatrices). Elle rappelle que grâce aux Célèbres cinq, les femmes sont enfin devenues des personnes au sens légal du terme, et qu'elles peuvent occuper n'importe quel poste au sein du gouvernement.

« Le but de la vie d'une femme est le même que celui de la vie d'un homme : apporter la meilleure contribution qui soit à sa génération. »
— Louise McKinney

DU SIROP D'ÉRABLE ET DE LA MOUTARDE
Deux aliments bien canadiens

QUAND ON DEMANDE AUX GENS DU MONDE ENTIER QUEL EST L'ALIMENT LE RÉPONDENT PLUS CÉLÈBRE DU CANADA, LA PLUPART QUE C'EST LE SIROP D'ÉRABLE. MIAM!

L'art de se sucrer le bec

Pendant des milliers d'années, les peuples des Premières Nations de l'Ontario, du Québec et des provinces de l'Atlantique ont percé l'écorce des érables au printemps pour en recueillir la sève, le liquide qui circule dans l'arbre pour lui apporter ses nutriments. Ils faisaient ensuite bouillir la sève incolore et à peine sucrée

jusqu'à ce qu'elle devienne un riche sirop d'érable doré et bien sucré. Ils ont enseigné aux colons européens les secrets de ce délicieux nectar, et aujourd'hui on raffole du sirop d'érable partout sur la planète.

Il faut environ 40 litres de sève pour faire un seul litre de sirop d'érable. Le Canada produit annuellement les trois quarts de tout le sirop d'érable dans le monde. Une des meilleures façons de déguster cette gâterie, c'est la façon dont les Premières Nations le faisaient : on fait couler un mince filet de sirop sur de la neige fraîche et propre, on le laisse refroidir un peu, et voilà! Prêt à savourer!

Un autre aliment vedette

Le sirop d'érable n'est pas le seul aliment célèbre originaire du Canada. Savais-tu qu'aucun pays n'exporte davantage de moutarde dans le monde que le Canada? Les Prairies bénéficient du climat parfait pour cultiver cette plante : les trois quarts de la moutarde du pays proviennent de la Saskatchewan, et le reste de l'Alberta et du Manitoba.

VRAIMENT?

Certaines personnes font du sirop avec de la sève de bouleau. Il faut deux fois plus de sève de bouleau que de sève d'érable pour obtenir la même quantité de sirop, et le produit final est riche et épicé.

MACINNIS EXPLORE LES OCÉANS
Un médecin passionné de plongée

IL A ÉTÉ LE PREMIER CHERCHEUR À PLONGER SOUS LE PÔLE NORD. IL A PASSÉ PLUS DE TEMPS DANS L'OCÉAN ARCTIQUE QUE TOUT AUTRE SCIENTIFIQUE, SI BIEN QU'IL EST DEVENU L'UN DES PLUS CÉLÈBRES EXPLORATEURS SOUS-MARINS.

Le docteur Joe

Enfant, Joseph MacInnis, qu'on appelle aujourd'hui le docteur Joe, n'avait pas beaucoup d'intérêt pour l'école. En revanche, les cartes illustrant l'Arctique canadien et ses océans le fascinaient. À l'adolescence, il a appris à faire de la plongée sous-marine, et sa vie en a été transformée. Il souhaitait entrer à l'école de médecine afin d'étudier comment le corps humain s'adapte à de nouveaux environnements. Il est devenu non seulement médecin et plongeur, mais également photographe. À la fin des années 1960, avec ses équipes de plongeurs, il a effectué certaines des plongées les plus profondes et les plus longues de tous les temps. En 1974, il a effectué la célèbre première plongée sous le pôle Nord (voir photo ci-dessus).

La découverte du *Titanic*

Un an plus tard, le docteur Joe a trouvé un fragment d'un navire britannique, le *Breadalbane*, qui a coulé dans l'Arctique en 1853. Il s'agit de l'épave connue la plus nordique au monde. En 1985, MacInnis faisait partie de l'équipe qui a découvert l'épave du *Titanic*, le paquebot qui a sombré de façon tragique en 1912.

L'avenir des océans

Le docteur Joe plonge depuis plus de 40 ans, et il a été témoin des effets du réchauffement climatique, de la surpêche et de la pollution sur les océans du monde. Il se dévoue à sensibiliser le public à l'importance de ces étendues d'eau.

VRAIMENT?

Le docteur Joe et son équipe de plongeurs et de photographes ont été les premiers au monde à filmer sous l'eau des baleines boréales, des bélugas et des narvals.

CHANGER LE MONDE
Quand les enfants passent à l'action

EN 1994, CRAIG KIELBURGER, 12 ANS, NE CHERCHAIT PAS À RENDRE LE MONDE MEILLEUR. POURTANT, PLUS DE 20 ANS PLUS TARD, C'EST EXACTEMENT CE QU'IL CONTINUE DE FAIRE.

Les droits des enfants de partout

Craig Kielburger cherchait simplement les bandes dessinées du journal. Mais quand il a vu la photo d'un garçon qui avait été tué après avoir dénoncé de mauvaises conditions de travail, il a senti le besoin de faire quelque chose. Alors, il a décidé de fonder l'organisme Enfants Entraide avec son frère Marc et quelques amis.

Depuis, l'organisme contribue à l'amélioration des droits des enfants et à la construction de centaines d'écoles partout dans le monde. En 2008, les Kielburger ont mis sur pied l'organisation *Me to We* afin de concevoir des produits qui sont fabriqués en respectant les travailleurs et l'environnement. Ce programme crée des emplois, et l'argent recueilli contribue à financer les activités d'Enfants Entraide.

D'autres jeunes Canadiens qui changent les choses

En 2006, en apprenant que les filles en Afghanistan n'avaient pas les mêmes droits qu'elle, Alaina Podmorow a formé le groupe *Little Women for Little Women*. Alaina prononce des allocutions pour promouvoir la liberté des femmes, et amasse de l'argent pour l'éducation en Afghanistan.

Ryan Hreljac est un autre jeune Canadien qui a contribué à améliorer le monde. Il n'était qu'en première année quand il a commencé sa collecte de fonds pour construire des puits en Ouganda, en Afrique orientale.

> « Le changement commence par de petits gestes que l'on peut faire tous les jours… Rien n'a le pouvoir de provoquer le changement comme un groupe de jeunes voix passionnées qui s'élèvent à l'unisson. »
> — Craig Kielburger

VRAIMENT?

Craig Kielburger a grandi avec un défaut d'élocution, et il sait ce que c'est que d'être nerveux avant de prendre la parole en public. Aujourd'hui, il donne des conférences devant des milliers de gens dans de nombreux pays.

Le Canada résonne de sons joyeux! Célébrations, défilés, festivals, tout est prétexte à s'amuser, à jouer de la musique, à chanter et à danser durant toute l'année. Plusieurs merveilles naturelles se font également entendre au Canada : les chutes Niagara, les icebergs, et même le sable! Tourne la page pour célébrer le Canada… tout en sons!

CHAPITRE 10

LE CANADA FAIT VIBRER LE MONDE

Et ça s'entend!

LE SABLE QUI CHANTE
Tralalala!

LE SABLE PEUT ÊTRE CHAUD, ET PARFOIS HUMIDE. MAIS PEUT-IL CHANTER? EN FAIT, LE SABLE PEUT ÉMETTRE UN BRUIT QUE PLUSIEURS COMPARENT À UN CHANT.

Tous en chœur!

Peu de plages dans le monde possèdent cette caractéristique particulière. L'une des plus belles d'entre elles est située sur l'Île-du-Prince-Édouard, dans le parc provincial de Basin Head. Si tu t'y rends durant l'été et que tu marches pieds nus

dans le doux sable blanc, tu feras peut-être chanter le sable. Peut-être voudras-tu chanter avec lui si le cœur t'en dit!

QU'EST-CE QUI FAIT CHANTER LE SABLE?

Trois conditions doivent être réunies :

1. Les grains de sable doivent être ronds, en forme de sphère.

2. Le sable doit contenir du quartz (de la silice cristallisée, un minéral dur semblable à du verre).

3. Le sable doit avoir un taux d'humidité précis.

Le sable chante-t-il partout?

Kelso Dunes et Eureka Dunes, en Californie, Warren Dunes, dans le sud-ouest du Michigan, Sand Mountain, dans le Nevada, Porth Oer près d'Aberdaron, au Pays de Galles, et Singing Beach, à Manchester-by-the-Sea (pour ne nommer que ceux-là). Voilà des endroits où le sable chante.

Malgré son nom et sa notoriété, tous ne sont pas d'accord pour dire que le sable du parc Basin Head « chante ». Pour certains, le son qu'il produit ressemble davantage à un grincement aigu.

LE COULOIR D'ICEBERGS
Pshiii... POP! Hum!

LE COULOIR D'ICEBERGS EST UN SECTEUR DE L'OCÉAN QUI S'ÉTEND DE LA CÔTE DU LABRADOR JUSQU'À LA CÔTE NORD-EST DE TERRE-NEUVE. ON PEUT Y VOIR, ET Y ENTENDRE, DE MAJESTUEUX ICEBERGS VIEUX DE 10 000 ANS À LA DÉRIVE.

Bruyants, ces icebergs

Les icebergs, ces énormes îles de glace qui se détachent d'un glacier, naissent souvent dans un grand éclaboussement et en produisant des craquements sonores. Et ils ne meurent pas silencieusement non plus. Quand un iceberg se brise, on parle même d'un « tremblement de glace ». Des enregistrements sous-marins ont capté des secousses, des gémissements, des bruits d'explosion et des craquements qui, après analyse, se sont révélés aussi bruyants que 200 pétroliers géants. Lorsqu'un morceau d'iceberg fond, on peut entendre un sifflement qui provient de l'éclatement des bulles d'air compressées à l'intérieur.

D'où viennent ces icebergs?

Les icebergs sont constitués de glace d'eau douce de glacier, et non d'eau salée. La majorité des icebergs de Terre-Neuve et du Labrador viennent de la côte ouest du Groenland. Ils mettent deux ou trois ans à atteindre le couloir d'icebergs. À mesure qu'ils dérivent dans des eaux plus chaudes, les icebergs fondent. Au printemps et au début de l'été, le « couloir » est envahi d'icebergs.

VRAIMENT?

Des chercheurs allemands ont découvert qu'au moment où ils commencent à fondre, les icebergs émettent aussi une sorte de chant. Ces sons sont inaudibles pour l'oreille humaine, mais on peut les entendre grâce à des capteurs spéciaux. On les décrit comme étant semblables au bourdonnement d'une ruche et aux notes stridentes d'un violon.

LES MOTONEIGES
Filer sur la neige

LA MOTONEIGE N'EST PEUT-ÊTRE PAS LE MOYEN DE TRANSPORT LE PLUS SILENCIEUX, MAIS IL N'A PAS SON PAREIL POUR SE PROMENER DANS LES RÉGIONS ENNEIGÉES. CE N'EST DONC PAS SURPRENANT QUE CE SOIT UN CANADIEN QUI L'AIT INVENTÉE.

Qui a inventé la motoneige?

Plusieurs personnes ont contribué à l'invention de la motoneige, mais l'une des plus importantes est Joseph-Armand Bombardier, un mécanicien québécois qui a mis au point un traîneau à hélice en 1922. Quelques années plus tard, il a ajouté la roue motrice dentée et la double chenille pour rendre son véhicule d'hiver encore plus pratique.

Après la mort de son fils qui, un hiver, n'avait pu être transporté à l'hôpital à temps, M. Bombardier a décidé de construire un véhicule qui serait utile en cas d'urgence. Il a inventé une autoneige à sept passagers. En 1937, il en a vendu 50 qui ont servi d'autobus et d'ambulances. Bombardier continuait d'améliorer la conception de son invention. À la fin des années 50, il a présenté sa motoneige *Ski-Doo*, équipée d'un moteur à deux temps refroidi à l'air. Ce modèle sert de base à la plupart des motoneiges utilisées aujourd'hui.

Circuler malgré la neige

Si tu habitais dans l'Arctique ou dans une région où il y a beaucoup de neige durant une bonne partie de l'année, tu aurais peut-être du mal à te déplacer sans ce véhicule qui permet de filer rapidement sur la surface enneigée. Dans plusieurs régions du pays, la motoneige a transformé les habitudes de vie en hiver, offrant un moyen de transport sécuritaire, rapide et amusant!

VRAIMENT?

Les motoneiges sont des engins bruyants. Le gouvernement en a restreint l'utilisation à certaines régions et à des sentiers déterminés.

LE CHANT DE GORGE ET LA DANSE DU TAMBOUR

Les sons du Nord

DEPUIS DES GÉNÉRATIONS, LES FEMMES INUITES S'ADONNENT À UN JEU VOCAL QU'ON APPELLE CHANT DE GORGE, OU KATAJJANIQ, ALORS QUE LES HOMMES PRATIQUENT LA DANSE DU TAMBOUR.

Une activité ludique

Au début, le chant de gorge inuit avait pour but d'apaiser les bébés ou de se divertir pendant que les hommes étaient à la chasse. Debout, deux femmes se faisaient face en se tenant les bras. L'une d'elles amorçait le chant et imposait un rythme particulier. Lorsqu'elle marquait une brève pause, sa partenaire se joignait à elle en adoptant un rythme différent. La première à manquer de souffle ou à ne pouvoir maintenir le rythme perdait.

VRAIMENT?

À une époque, les prêtres avaient interdit le chant de gorge, mais ce jeu vocal a récemment connu un regain de popularité. Cet intérêt renouvelé est en partie attribuable à la chanteuse Tanya Tagaq, qui combine le chant de gorge traditionnel à la musique pop.

Au rythme de la chasse

Les hommes inuits composaient des chants et des danses au tambour pendant la période où ils partaient à la chasse. Lorsqu'ils rentraient, ils enseignaient leurs compositions à leur femme. De nombreuses chansons traitaient de la chasse dans l'Arctique. Traditionnellement, les tambours, ou *qilaut*, étaient faits de peau de caribou. Pour la fabrication du cadre, après l'arrivée des Européens dans les années 1500, les Inuits ont commencé à utiliser le bois et les clous des épaves prisonnières des glaces. La danse au tambour et le chant de gorge font toujours partie de nombreuses célébrations et cérémonies.

LES CHUTES NIAGARA
Un débit tonitruant

ELLES SONT BRUYANTES. ELLES SONT MAGNIFIQUES. ELLES ATTIRENT LES TOURISTES ET GÉNÈRENT DE L'ÉNERGIE HYDROÉLECTRIQUE. LES CHUTES NIAGARA SONT UNIQUES.

Les premiers touristes

L'explorateur Samuel de Champlain a décrit la splendeur des chutes dans son journal au début des années 1600. Au 18e siècle, les chutes étaient déjà une destination touristique populaire. C'est après la Première Guerre mondiale et la commercialisation de l'automobile que le tourisme a connu un essor considérable qui n'a jamais ralenti depuis.

À chacun sa chute

Les trois majestueuses chutes qui composent les chutes Niagara sont situées à la frontière entre le Canada et les États-Unis. La plus grande, le Fer à cheval, se trouve en Ontario. Les deux plus petites, la chute américaine et le Voile de la mariée, sont dans l'État de New York.

Les chutes disparaîtront-elles?

Après la dernière glaciation, il y a environ 12 000 ans, les glaciers se sont retirés et ont créé les Grands Lacs. Sur leur passage, ils ont sculpté une gorge dans l'escarpement du Niagara et ont façonné les chutes. Bien qu'encore très puissantes, les chutes s'érodent graduellement. Les experts estiment que dans 50 000 ans, les chutes auront disparu. Ils ont sûrement de bonnes raisons pour affirmer cela.

VRAIMENT?
Le funambule Charles Blondin a traversé les chutes sur une corde de chanvre à plusieurs reprises dans les années 1800. Il l'a même fait les yeux bandés.

LE STAMPEDE DE CALGARY
En selle, cow-boys et cow-girls!

REMONTE À PLUS D'UN SIÈCLE, LE STAMPEDE DE CALGARY ATTIRE TOUJOURS AU MOIS DE JUILLET UNE IMMENSE FOULE VENUE FESTOYER À LA FAÇON DES COW-BOYS.

À la gloire des cow-boys

Il y a plus de 100 ans, Guy Weadick a proposé de tenir une grande exposition bruyante et joyeuse pour attirer le public à Calgary, en Alberta, et pour rendre hommage aux pionniers de l'Ouest. En septembre 1912, c'était le coup d'envoi du premier Stampede de Calgary.

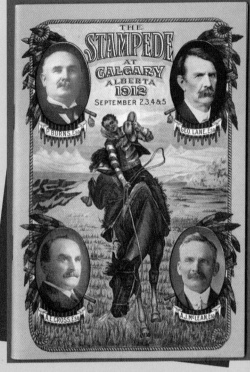

L'homme à l'origine du Stampede

Guy Weadick était un cow-boy américain, maître du lasso, qui donnait des spectacles sur le thème du Far West. Lors d'une tournée à Calgary, il a trouvé quatre investisseurs pour l'aider à organiser le premier « festival des pionniers et son championnat de cow-boy ». Tenu en 1912, ce rassemblement a duré cinq jours et a attiré 80 000 personnes à son défilé, une foule étonnante étant donné que la population de Calgary à l'époque était d'un peu plus de 60 000 habitants. Le Stampede a pris de l'ampleur et s'est transformé au fil des ans. La tradition se poursuit aujourd'hui avec un événement qui dure dix jours en juillet, et qui célèbre toujours les habiletés des cow-boys qui ont fait de l'Ouest canadien ce qu'il est aujourd'hui.

Le premier prix de la plupart des épreuves en 1912 : 1 000 dollars, une selle et une boucle de ceinture en or.

L'HUMOUR AU CANADA
Mort de rire!

LES CANADIENS EXCELLENT TELLEMENT DANS L'ART DE FAIRE RIRE QU'ILS SONT LES HÔTES DU PLUS GRAND FESTIVAL INTERNATIONAL D'HUMOUR AU MONDE. CHAQUE MOIS DE JUILLET SE DÉROULE LE FESTIVAL JUSTE POUR RIRE À MONTRÉAL, AU QUÉBEC.

Une ville qui aime rire

Le festival Juste pour rire a été lancé en 1983 par Gilbert Rozon, sous la forme d'un événement francophone qui durait deux jours. Deux ans plus tard, il durait un mois et avait un pendant anglophone. Ce festival présente aussi des acrobates, des mimes et des amuseurs de rue. Il est devenu extrêmement populaire et attire les meilleurs humoristes. Des dénicheurs de talents assistent aux spectacles pour tenter de repérer le prochain grand humoriste.

Qu'est-ce qui fait rire les Canadiens?

L'humour canadien tourne souvent autour de la vie de famille, des événements politiques et de la culture. L'une des premières comédies télévisées au Canada, mettant en vedette le duo Wayne et Shuster, a occupé l'antenne jusqu'aux années 1980. En 1975, le Canadien Lorne Michaels a créé *Saturday Night Live,* une émission de fin de soirée qui connaît toujours beaucoup de succès 40 ans plus tard. John Candy, Martin Short, Andrea Martin et Jim Carrey ne sont que quelques-uns des plus célèbres humoristes canadiens. En 2014, Mike Myers est devenu le premier humoriste canadien à avoir un timbre à son effigie.

VRAIMENT?

Il existe une petite municipalité au Québec qui porte le nom de Saint-Louis-du-Ha! Ha! C'est aussi le seul village au monde qui compte deux points d'exclamation dans son nom!

ILS TAMBOURINENT, HURLENT, CACARDENT ET SIFFLENT. LES ANIMAUX DU CANADA EN ONT LONG À DIRE! ET SI ON PRÊTAIT L'OREILLE?

Dans les airs

As-tu déjà entendu un bruit de percussion persistant dans un arbre? T'es-tu déjà retourné en entendant un hurlement strident provenant d'un buisson? As-tu déjà sursauté en entendant des cacardements au-dessus de ta tête? Si c'est le cas, tu as sûrement croisé certains des oiseaux les plus bruyants du Canada. Le tambourinage du grand pic contre un arbre est tellement bruyant qu'on peut l'entendre à un kilomètre à la ronde. Le cri aigu du geai bleu annonce le danger. Les bernaches en vol communiquent en cacardant bruyamment.

Sur terre

Mais il n'y a pas que les oiseaux qui sont bruyants. Le hurlement caractéristique du loup est souvent un signal pour les autres loups ou une salutation amicale à sa meute. Les scientifiques croient que c'est grâce à leurs hurlements que les meutes de loups restent unies. On peut percevoir ces hurlements de très loin, même à l'autre bout de la forêt ou de la toundra.

Sous l'eau

Les baleines sont les animaux les plus bruyants de la planète. Chaque groupe utilise un son distinctif. On retrouve les épaulards (ou orques) dans les trois océans qui baignent le Canada, mais c'est au large de la côte sud de la Colombie-Britannique qu'on en voit le plus souvent. Les épaulards produisent une série de clics  pour localiser leur proie, et ont recours aux sifflements et aux pulsations pour communiquer entre eux.

VRAIMENT?

Les épaulards appartiennent à la famille des dauphins. Bien qu'ils soient apparentés, il leur arrive de chasser des dauphins (et toute autre chose qu'ils peuvent se mettre sous la dent).

PLUS DE 200 FESTIVALS ONT LIEU CHAQUE ANNÉE AU CANADA. MUSIQUE, DANSE ET NOURRITURE. QUOI DE MIEUX POUR FAIRE LA FÊTE?

Le potlatch et le pow-wow

Pendant des siècles, sur la côte nord-ouest du Canada, des chefs autochtones et autres membres de tribus prospères organisaient des festins et offraient des cadeaux. C'est ce qu'on appelait le potlatch. On tient encore des potlatchs aujourd'hui, mais pas aussi souvent que des pow-wow. Les pow-wow se déroulent souvent l'été et sont l'occasion de présenter musique, danse, vêtements, nourriture et artisanat autochtones. Certains sont plus cérémonieux tandis que d'autres mettent l'accent sur les concours de danse et de musique. Mais tous sont très animés et hauts en couleur.

Du plaisir toute l'année

Que ce soit au printemps, à l'été ou à l'automne, les Canadiens font des festivals partout au pays pour souligner leur appréciation de toutes sortes de choses : du sirop d'érable, du tournesol, des pêches, des pommes, du homard… et même du froid et de la neige! Le Carnaval de Québec et le Bal de Neige d'Ottawa, entre autres, célèbrent les plaisirs de l'hiver.

Le Canada multiculturel

Des gens du monde entier qui ont immigré au Canada continuent de célébrer leur culture. Il suffit de passer une journée au festival Caribana de Toronto, au festival Folklorama de Winnipeg ou au festival Heritage Days d'Edmonton (pour n'en nommer que quelques-uns) afin de découvrir les nombreuses (et savoureuses!) traditions des gens qui vivent au Canada.

VRAIMENT?

Le Canada en fête est une série de célébrations qui se déroulent sur 11 jours, débutant par la Journée nationale des Autochtones le 21 juin, la Saint-Jean-Baptiste le 24 juin, la Journée canadienne du multiculturalisme le 27 juin, le tout se terminant avec la fête du Canada le 1er juillet.

Le premier anniversaire

Le 1er juillet 1867, le Canada a célébré son premier anniversaire. Ce jour-là, le Canada est devenu une confédération en unissant les colonies britanniques nord-américaines de la Nouvelle-Écosse, du Nouveau-Brunswick et de la province du Canada (aujourd'hui l'Ontario et le Québec). On a fait sonner les cloches et on a allumé des feux de joie. Des parades militaires, de la musique ont envahi les rues et des feux d'artifice, le ciel. Ce n'est pourtant que le 15 mai 1879 qu'on a officiellement décrété le 1er juillet comme jour férié, qu'on a appelé la fête du Dominion. En 1967, le Canada a fêté son 100e anniversaire en grand. À cette époque, les gens avaient déjà commencé à appeler les célébrations du 1er juillet « la fête du Canada ». En 1982, le nom a été officialisé.

Comment les Canadiens font-ils la fête?

Comme lors de la plupart des fêtes d'anniversaire, on sort les ballons et de drôles de chapeaux, et on mange du gâteau. Il y a aussi des feux d'artifice, des chansons, des défilés, des carnavals, des barbecues, des concerts gratuits et des drapeaux. Des cérémonies de citoyenneté ont lieu. Chaque municipalité célèbre la fête du Canada à sa façon, mais c'est Ottawa, la capitale du pays, qui est le point central des festivités. La ville présente un concert sur une scène géante, des expositions artistiques et un spectacle aérien des célèbres Snowbirds canadiens. Et maintenant que tu as parcouru toutes les pages de ce livre, tu sais qu'il existe au moins 100 raisons de célébrer le Canada!

Un immense merci à notre formidable éditrice, Anne Shone
— E.M. et F.W.

REMERCIEMENTS

Mille mercis à Diane Kerner, éditrice, Aldo Fierro, graphiste,
et Erin Haggett, réviseure, pour leurs excellentes idées,
suggestions et conception. Merci au Dr Joe MacInnis d'avoir
revu le texte et fourni une photo. Enfin, un merci tout spécial
à nos merveilleux maris, Bill et Paul!

Photos ©: Alamy Images/Michelle Gilders : 14; All Canada Photo/ArcticPhoto :
121; Société canadienne des postes : 72; Canadian Aviation and Space Museum/
Musée de l'aviation et de l'espace du Canada/CSTMC/Image Bank Collection :
50 en haut, 50 en bas; Canadian Press Images : 106 (Adrian Wyld), 43 (Deborah
Baic/The Globe and Mail), 41, 78 (Jonathan Hayward), 79 (Winnipeg Free Press/
Wayne Glowacki), 42; Agence spatiale canadienne : 53 (Anik-E Communications
Satellite, 2005, reproduit avec la permission du ministre de l'Industrie, 2014),
49 (NASA); Archives photographiques de la CBC: 52; CP Images/ Moe Doiron :
115; Dr Joe MacInnis/Bill Kurtsinger NGS : 114; Dreamstime: page de couverture,
en haut au centre (Aladin66), 11 en haut (Chris Brignell), page de couverture
au centre, 4 en haut, 10 (Debra Law), 32, 39 en bas, 80, 86 (Eranda Ekanayake),
87 (Gvictoria), 9, 17 en bas (Lostafichuk), 83 (Modfos), 36 en haut (Nicola
Zanichelli), 39 en haut (Norman Pogson), 73 (Richard Nelson), 84 (Rusty Elliott),
90 (Songquan Deng); Dvids/NASA: 44, 48; Getty Images: page de couverture, en
bas (Harry How), 30 (Paul Nicklen); Glenbow Archives : 99 (na-1258-102), 15 en
haut (na-1338-111), 112 (na-3043-1), 59 en bas (na-588-1), 123 (na-604-1a),
12 (na-660-2), 38 (na-789-79), 89 (na-876-1), 17 en haut (na-936-7),
16 en bas (pd-392-1-1c), 11 en bas (s-227-231); iStockphoto/Julia Marshall:
92, 95; Bibliothèque et Archives Canada: 69, 70 en haut (C-001350), 64 (C-
002006), 102 (C-010627), 35 en haut (C-011371), 105, 107 (C-014090),
55 (Société canadienne des postes (1995)), 40 au centre (Secrétariat d'État du
Canada e002113738), 40 en bas (Secrétariat d'État du Canada, e002113736),
40 en haut (Duncan Cameron/Duncan Cameron fonds, e002282645), 18 en haut,
19 (e010957264), 70 en bas (nlc012101), 35 en bas (Norman Denley Collection,
PA-066576), 98 (PA-014532); Musée McCord, M966.12.3: 4 au centre, à gauche,
16 en haut; Service des archives et de la gestion des dossiers de la
Nouvelle-Écosse / NSA Photograph Collection: 37 en haut, 37 en bas, 36 en bas;
Ocean Networks Canada/CSSF-ROPOS/Neptune Canada: 91; Shutterstock, Inc.:
15 en bas (Alexander Rochau), 57, 60 en bas (BGSmith), 68, 77 (bikeriderlondon),
94 (blojfo), 74 (Bonita R. Cheshier), 60 en haut (canadastock), 22 en bas (Cindy
Creighton), 119 (David P. Lewis), 18 en bas (de2marco), 100 (EdCorey),
21, 27, 96 (Elena Elisseeva), 117, 127 (GoodMood Photo), 88 (Helen Filatova),
116, 122 (Igor Sh), 54 en haut (infographicSource), 104, 113 en haut (intolt), page
de couverture en haut à gauche (Ipatov), 101 (James Steidl), 63 (jiawangkun),
75 (Jody Ann), 47 en bas (jps), 22 en haut (Jukka Palm), 67 (Justek16), 58 en bas
(K.L. Kohn), 24 en haut (Karamysh), 85 en haut (LesPalenik), 56, 61 (Lorraine
Swanson), 6 au centre, 25 (Makhnach_S), 59 en haut (marialt), 5 en haut,
111 (Marques), 71 (melis), 29 (Micha Klootwijk), 4 au centre à droite, 5 au centre,
8, 13 (michelaubryphoto), 33, 34 (Mike Loiselle), 108 (Monica Wieland), 108
(Nailia Schwarz), 65 (nalbank), 109 (Oleksandr Kalinichenko), 58 en haut (Peter
Wey), 45, 54 en bas (Photobank gallery), 6 en haut à gauche, 124 (photosync),
24 en bas (Pictureguy), 62 (Rainer Lesniewski), 6 en bas, 81, 85 en bas
(RHImage), 118 (rusty426), page de couverture en haut à droite, 4 en bas,
7, 26 (Scott E Read), 126 (Sergei Bachiakov), 113 en bas (Stephen Mcsweeny),
31 en haut (Steve Collender), 110 (Steve Design), 51 (SurangaSL), 93, 103 (Susan
McKenzie), 47 en haut (Tony Brindley), 31 en bas (TristanBM), 5 en bas,
20, 23 (Trudy Wilkerson), 76 (Twin Design), 120 (Tyler Olson), 28 (V.J.
Matthew), 66 (Vlad G), 97 (Zacarias Pereira da Mata); University of Toronto
Archives/Jack Marshall: 46; Wikipedia/Owen Lloyd: 82.